HEDWIG COURTHS-MAHLER

Die Verbannten

HEDWIG COURTHS MAHLER

Die Verbannten

WELTBILD VERLAG

Genehmigte Lizenzausgabe für
Weltbild Verlag GmbH, Augsburg 1996

Einbandgestaltung: Peter Engel, München
Umschlagmotiv: Eric Bach/Superbild, München
Gesamtherstellung: Presse-Druck Augsburg
Printed in Germany
ISBN 3-86047-990-3

I

»Danke, Daniela, Sie brauchen nicht weiter vorzulesen.«

Daniela Falkner erhob sich. »Haben Sie andere Wünsche, Frau Baronin?«

Baronin Berken, eine stattliche Fünfzigerin mit sympathischem freundlichem Gesicht schüttelte den Kopf. »Nein, ich möchte etwas mit Ihnen besprechen.« Daniela sah die alte Dame fragend an.

»Sie wissen, liebes Kind, daß Sie mir sehr lieb und wert geworden sind und ich mich an Ihre Gesellschaft gewöhnt habe.«

»Sie waren immer voll Güte zu mir, Frau Baronin. Als ich mich nach dem Tod meiner Mutter vor der Notwendigkeit sah, mir mein Brot zu verdienen und die Stellung bei Ihnen annahm, war ich sehr ängstlich, aber Sie haben mir bald das Bangen genommen.«

»Nun, gar zu leicht habe ich es Ihnen nicht gemacht. Einsame alte Frauen wie ich werden grillig. Sie sind ein geduldiger Charakter mit bewundernswerter Ruhe, was Ihnen wieder nicht immmer leichtgefallen ist. Deshalb wird es mir doppelt schwer, Ihnen zu sagen, daß wir uns trennen müssen.«

»Sie wollen mich entlassen, Frau Baronin?«

»Ich will nicht, aber ich muß. Als ich Sie engagierte, hatte ich auch keine guten Zeiten, aber meine Einkünfte gestatteten mir, mein gewohntes Leben fortzusetzen. Ich konnte mir eine Gesellschafterin leisten, weil mir mein einsames Leben unerträglich schien. Jetzt hat die anwachsende Teuerung mein Einkommen reduziert, und ich muß mich einschränken, so daß ich außer meiner alten Köchin Christine keine Angestellten mehr halten kann. Mit dem neuen Besitzer dieser Villa habe ich ein Abkommen getroffen. Er überläßt mir bis zu meinem Tod die zweite Etage, vier kleine Zimmer und eine Küche. Sie wissen, daß diese Etage einen Extra-Aufgang hat. Jetzt werde ich also da hinauf ziehen müssen und bin froh, daß ich wenigstens in altgewohnter Umgebung bleibe. Dem neuen Besitzer der Villa ist es lieb, daß ich wohnen bleibe. Ich habe mir nur Möbel für die vier Zimmer zurückbehalten und alles andere gleich mit der Villa verkauft. Ich habe in letzter Zeit schon vom Kapital verbrauchen müssen. Es tut mir sehr leid, mich von Ihnen zu trennen, aber ich muß meine ganze Häuslichkeit auf größte Sparsamkeit einstellen. Daß Ihr Bruder nach Deutschland zurückkehrt, ist wohl vorläufig nicht anzunehmen?«

»Nein, Frau Baronin, daran ist nicht zu denken. Mein Bruder ist froh, in Stockholm als Ingenieur eine Stellung gefunden zu haben.«

»Ja, ja Ihr tüchtiger Bruder mußte, nachdem er aus russischer Gefangenschaft heimkehrte, ins Ausland gehen, um eine Stellung zu finden. Er hat recht getan. Ich habe mir schon gedacht, daß er vorläufig nichts für Sie tun kann, und wußte deshalb, daß es Sie schwer trifft, wenn ich Sie entlassen muß. Wer kann sich jetzt noch eine Gesellschafterin leisten? Ich weiß zwar, daß Sie keine Arbeit scheuen. Christine kann mir nicht genug Ihren Fleiß rühmen. Aber ich bin trotzdem vor die Alternative gestellt, entweder Sie oder Christine zu entlassen, und –«

»Dann natürlich mich, Frau Baronin! Christine darf ihre Stellung nicht verlieren. Sie ist alt, ich bin jung und werde mir schon weiterhelfen können.«

»Tapfer, mein liebes Kind, das sieht Ihnen ähnlich. Aber Sie sollen nicht lange in Sorge sein um sich.«

»Sie sind sehr gütig, Frau Baronin, ich darf mich nicht von Ihnen beschämen lassen. Wenn Sie sich ins Unvermeidliche fügen, dann muß ich das auch tun.«

»Mein liebes Kind – ich habe manche Nacht schlaflos

gelegen, habe geweint, ehe ich dies Haus verkaufte, an dem liebe Erinnerungen hängen. Aber nun will ich nicht wieder von der Hauptsache abkommen. Wie ich schon erwähnte, habe ich gezögert, Ihnen zu sagen, daß ich Sie entlassen muß, weil ich mich inzwischen bemühte, Ihnen ein anderes Engagement zu verschaffen. Es wollte nicht gelingen, aber heute morgen mit der Post kam gleichsam etwas für Sie vom Himmel geflogen. Ich bekam einen Brief von meiner Freundin, Frau Lentikoff. Diese Dame ist Ihnen ja bekannt,«

»Gewiß, Frau Baronin, und ich kann wohl sagen, daß sie die interessanteste Frau ist, die mir je im Leben begegnete.«

»Sie ist unbedingt eine interessante Frau. Ihr Schicksal würde Stoff zu einem Roman liefern. Nachher will ich Ihnen einiges davon erzählen. Aber erst sollen Sie wissen, daß Frau Lentikoff mir heute mitgeteilt hat, daß sie die Absicht hat, Sie als Reisebegleiterin zu engagieren, falls Sie dazu geneigt sind.«

Danielas feines Gesicht rötete sich jäh. »Frau Lentikoff will mich engagieren?«

»Ich hatte ihr geschrieben, daß ich gezwungen bin, Sie zu entlassen, und daß es mich sehr schmerzt, Sie in eine ungewisse Zukunft gehen zu lassen. Was sie darauf erwidert, lesen Sie bitte von dieser Stelle an.«

Sie bezeichnete Daniela eine Stelle in dem Brief, und diese las: »Wie gern ich Dir helfen möchte, meine liebe Magda, weißt Du, aber ich weiß auch, daß du zu stolz bist, Dir helfen zu lassen. Aber wenigstens kann und will ich Dir die Sorge um Fräulein Daniela abnehmen. Ich hatte Gelegenheit zu beobachten, wie liebenswert und taktvoll die junge Dame ist, die Dir alle Wünsche von den Augen ablas. Ich habe Dich beneidet um eine solche Gesellschafterin. Du weißt, ich bin ein einsamer, verbitterter Mensch, der sich schwer an jemand anschließen kann. Deshalb reise ich immer nur mit meiner alten Natascha, obwohl ich manchmal Sehnsucht nach einem gebildeten Menschen habe. Natascha geht für mich durchs Feuer, aber ihr Horizont ist eng begrenzt, und ich muß bei meinem unruhigen Nomadenleben mit hundert Personen verhandeln, weil Natascha nur Russisch und einige Brocken Deutsch sprechen kann. Wie gut wird mir da Fräulein Falkner, die verschiedene Sprachen beherrscht und mir sympathisch ist, helfen können. Nun bitte ich Dich, sie zu fragen, ob sie in meine Dienste treten will.

Ich komme in etwa vierzehn Tagen nach Berlin, um Dich einmal wiederzusehen, wohne aber im Hotel, denn ich weiß, du stehst vor einem Umsturz Deiner Lebensgewohnheiten. Ich hoffe, Dich gesund anzutreffen. Wenn ich mich noch auf etwas freuen kann, ist es auf ein Wiedersehen mit Dir.

Will Fräulein Falkner die Stellung bei mir annehmen, so kann sie mich begleiten, wenn ich Berlin wieder verlasse.

Ich ermächtige Dich, wenn sie einwilligt, ihr so viel von meinem Schicksal zu erzählen, wie sie wissen muß, um mein verbittertes Wesen zu verstehen. Es ist besser, sie erfährt es von Dir, ich kann noch immer nicht ruhig von meinem Elend reden, wenn mir wieder zum traurigen Bewußtsein kommt, daß mein Sohn Dimitri tot ist. Ich habe immer das Gefühl, als müsse ich nach ihm suchen. Verzweifelt frage ich wieder und wieder – doch besser nicht denken, sonst komme ich dem Wahnsinn nahe.«

Hier ließ Daniela den Brief sinken. »Dieser letzte Teil des Briefes ist wohl nicht für mich bestimmt, Frau Baronin.«

»Es schadet nichts, wenn Sie das lesen, Daniela, da ich Sie mit dem Geschick Katharina Lentikoffs bekannt machen und Ihnen auch ihren wahren Namen verraten soll. Aber ehe ich Ihnen mehr enthülle, sagen Sie mir erst, ob Sie die Stellung bei ihr annehmen wollen?«

Daniela strich das goldbraune Haar aus der Stirn.

»Ob ich will? Ich würde es als ein großes Glück betrachten, schon so schnell ein anderes Engagement zu finden.«

»Sie müssen sich natürlich erst über die Art dieser Stellung klarwerden. Frau Lentikoff ist eine gütige Frau, aber durch schwere Schicksalsschläge niedergebeugt und verbittert. Aus kleinen Anlässen kann sie zuweilen sehr gereizt sein, doch sucht sie es danach immer gutzumachen, wenn sie in ihrer unglücklichen Stimmung jemandem weh tut.«

»Wenn man weiß, daß nur Leid und Unglück sie reizbar machen, kann man das ertragen.«

»Aber bedenken Sie auch, daß Sie bei ihr kein ruhiges Leben führen. Ihre Unrast führt sie heute nach Paris, morgen nach Berlin oder nach Rom oder Madrid. Sie führt ein vornehmes Nomadenleben. Sie sind jung und gesund und bekommen ein schönes Stück Welt zu sehen, in angenehmen, sorglosen Verhältnissen. Frau Lentikoff ist sehr, sehr reich. Also bedenken Sie das alles.«

»Da ist nichts zu bedenken. Wenn ich doch nicht bei Ihnen bleiben kann, nehme ich gern diese Stellung an.«

»Sie werden es nicht bereuen. Obwohl sie von Ort zu Ort reist und immer in der mondänen Welt lebt, hält sie sich von allen Vergnügungen fern.«

»Das kann ich verstehen, wenn sie unglücklich ist. Ohne ihr Schicksal zu kennen, habe ich Mitleid mit ihr empfunden, wenn ich in ihre traurigen Augen sah.«

»Und diese Augen finden nicht einmal die Wohltat der Tränen. Also, nun will ich Ihnen aus dem Leben dieser Frau erzählen, was Sie wissen müssen.«

Daniela füllte die Tassen, legte der Baronin ein Kissen hinter den Rücken. Dann nahm auch sie Platz und bediente sich.

»Also, mein liebes Kind, zunächst will ich Ihnen sagen, daß Frau Lentikoff in Wahrheit Gräfin Smolenski heißt. Ihr Gatte war Russe, hatte große Besitzungen in Kurland und besaß ein fürstliches Vermögen. Sie selbst ist Deutsche von Geburt und war mit mir zusammen im Pensionat. Dort haben wir unseren Freundschaftsbund geschlossen, der unser ganzes Leben lang halten sollte.

Graf Smolenski war damals als Begleiter einer russischen Fürstlichkeit am deutschen Kaiserhof und verliebte sich glühend in die schöne Baronesse Katharina, die, kaum achtzehn Jahre alt, zum erstenmal zu den Hoffestlichkeiten kam und durch ihre entzückende Erscheinung Aufsehen erregte. Ein Jahr später fand die Hochzeit des jungen Paares statt.

Ihr Gatte betete sie an, und diese Ehe ist unbeschreiblich glücklich gewesen. Ich habe sie später zweimal auf ihren Gütern in Rußland besucht und konnte mich davon überzeugen.

Die Gräfin hatte ihrem Gatten nach einjähriger Ehe einen Sohn geschenkt. Er blieb das einzige Kind. Dieser Sohn wuchs heran zum Ebenbild seines Vaters. Ich sah ihn zum letztenmal, ehe die Katastrophe hereinbrach, die dies leuchtende Glück zerstören sollte. Damals war Dimitri zweiundzwanzig Jahre alt. Ich war entzückt von seinem Wesen, von seiner Art, und hatte Gelegenheit zu beobachten, wie gütig er zu Untergebenen war, ganz wie sein Vater, der auf seinen Gütern für seine Leute in wahrhaft großzügiger Weise sorgte, was man ihm jedoch höheren Orts sehr übel auslegte. Der junge Dimitri war ein begabter Mensch, der fleißig Studien im Ingenieurfach betrieb. Aber als ich ihn das letztemal sah, war er bei der Armee, wollte einige Jahre als Offizier dienen und dann seine Studien fortsetzen.

Sein Vater war nicht mit der Regierung einverstanden. Das hatte man ihm sehr verdacht. Er wußte, daß man gegen ihn konspirierte, und als kluger, weitsichtiger Mann zog er die Konsequenzen. Er hatte sein ganzes Vermögen nach und nach bei amerikanischen und englischen Banken angelegt. Und als ihm ein Freund eine Warnung zuteil werden ließ, verkaufte er in aller Stille seine Güter. Die Gräfin erzählte mir damals bei einem Besuch, daß ihr Gatte nur noch bis zum Jahresschluß warten wollte, um dann mit ihr und ihrem Sohn für immer Rußland zu verlassen.

Er sah es nicht gern, daß sein Sohn in Leningrad studierte, denn er kannte dessen impulsives Wesen zu gut, um nicht fürchten zu müssen, daß Dimitri sich durch seine Freimütigkeit ebenso Feinde machen könnte, wie er sie sich selbst gemacht hatte. Nach jener ihm zugegangenen Warnung drängte er seinen Sohn, fluchtbereit bei den Eltern zu bleiben.

Es gelang ihm wohl, sein Vermögen ins Ausland zu retten, aber nicht seinen Sohn. Ehe dieser Abschied nehmen konnte, wurde er verhaftet. Man klagte ihn verräterischer Umtriebe an. Es nützte nichts, daß er seine Unschuld beschwor. Seine Feinde siegten. Der junge Graf wurde zur Deportation in die sibirischen Bergwerke verurteilt, sein Vater des Landes verwiesen mit der Bestimmung, daß er und seine Gemahlin nichts mit sich nehmen dürften, als was sie selbst tragen konnten. Sein Vermögen und seine Güter sollten dem Staat verfallen.

So zogen die Eltern des jungen Grafen in die Verbannung, nur begleitet von der alten Kammerfrau der Gräfin, einer deutschen und einer treuen russischen Dienerin, die sich von ihnen nicht trennen wollten.

Die Kammerfrau war leidend und starb unterwegs auf

einer kleinen Station. Dort hatte sich die Kunde verbreitet, die Gräfin selbst sei gestorben, und diese widersprach dem Gerücht nicht. Mochte man in Rußland glauben, daß sie auf dem Weg in die Verbannung gestorben sei.

Sie und ihr Gatte suchten zunächst einen Verwandten in Deutschland auf, einen Onkel von ihr, der schlecht und recht von seiner Pension lebte.

Kaum waren sie hier angelangt, als die Nachricht für sie eintraf, daß Dimitri versucht habe, auf dem Transport nach Sibirien zu entfliehen, und auf der Flucht von einem Aufseher erschossen worden sei.

Die armen Eltern, die immer noch gehofft hatten, daß sie eines Tages die Unschuld ihres Sohnes würden beweisen können, traf diese Nachricht wie ein Blitz. Graf Smolenski brach bei dieser Nachricht tot zusammen, und die Gräfin kam dem Wahnsinn nahe. Sie hat damals ihr weißes Haar bekommen, war lange krank und dem Tod nahe.

Der alte Onkel wußte sich nicht zu helfen, ihre treue Dienerin Natascha auch nicht. Sie riefen mich an das Lager der Unglücklichen, ich pflegte sie, bis sie das Bett verlassen konnte. Und am ersten Tag, da sie sich erheben konnte und nur einige Minuten allein war, nahm sie den Browning ihres Gatten und wollte sich erschießen. Ich kam im letzten Moment dazu und schlug die Waffe zur Seite. Sie sah mich an und fragte mich: ›Warum zwingst du eine Tote zum Leben?‹

Ich bot alle meine Überredungskunst auf, sie von ihren Selbstmordgedanken abzubringen, und rang ihr endlich das Versprechen ab, nicht wieder Hand an sich zu legen. Es war, als sei alles in ihr versteinert. Sie flüsterte oft in herzerschütternden Tönen den Namen ihres Sohnes, zuweilen rief sie laut den ihres Gatten, als könne er ihr helfen.

Ich brachte es nicht über mich, sie zu verlassen, und bot alles auf, sie auf andere Gedanken zu bringen. Kurz entschlossen nahm ich sie zu mir. Wenige Tage später kam die Nachricht, daß ihr Onkel gestorben war. Es machte kaum noch Eindruck auf sie.

Körperlich hatte sie sich zwar erholt, aber die weißhaarige, starr und düster blickende Frau war nur noch der Schatten meiner armen Katharina.

In ihr lebte der krankhafte Gedanke, sie müsse ihren Sohn suchen. Sie wußte nicht, wo man ihn getötet hatte, und konnte nichts weiter erfahren, als daß er eben auf der Flucht erschossen worden sei.

Nach Rußland durfte sie nicht zurück, so begann sie ihr ruheloses Nomadenleben. Einmal träumte sie, ihr Sohn lebe noch und rufe nach ihr, das andere Mal, er sei ihr in einem fremden Land gesund und froh begegnet, und dann wieder sah sie ihn in seinem Blut liegen. Nach einigen Jahren sandte ihr jener Freund, der ihren Gatten gewarnt hatte, einen aus Sibirien Zurückgekehrten, der mit ihrem Sohn zusammen deportiert war; ein Österreicher, dessen Unschuld erwiesen worden war, so daß er frei kam. Sie hielt sich damals gerade wieder auf kurze Zeit bei mir auf. Dieser Mann hat der armen Mutter geschildert, wie ihr Sohn starb. Unfähig, die entwürdigende Behandlung länger zu ertragen, hatte er eines Nachts seine Fesseln gelöst und war aus der elenden Herberge, wo die Gefangenen nächtigten, entsprungen. Man entdeckte seine Flucht, verfolgte ihn. Auf einem weiten weißen Schneefeld hatte man ihn niedergeschossen und in seinem Blut liegenlassen. Die anderen Gefangenen waren dann an seiner Leiche vorübergeführt worden, damit sie ein abschreckendes Beispiel haben sollten.

Sie können sich denken, liebes Kind, wie diese Erzählung auf die Gräfin wirkte. Noch einmal fiel sie in die Nacht der Verzweiflung. Sie suchte Trost in dem Gedanken, daß Millionen Mütter ihre Söhne hergeben mußten und oft auch nicht wußten, wo sie zur letzten Ruhe gebettet waren.

Während der Kriegsjahre habe ich sie nicht wiedergesehen. Sie hat diese Zeit abwechselnd in Frankreich, England und Italien zugebracht, denn Ruhe fand sie noch an keinem Ort.

Ihr enormer Reichtum gestattete ihr, ein komfortables Reiseleben zu führen. Erst lange nach Beendigung des Krieges habe ich sie wiedergesehen. Und im vorigen Jahr blieb sie, wie Sie wissen, einige Wochen bei mir – bis sie wieder von ihrer alten Unruhe gepackt wurde.

Sie besitzt nur ein einziges Bild ihres Sohnes, eine wunderbar gemalte Miniatur, die getreu die Züge des geliebten Verlorenen wiedergibt. Ihr Gatte schenkte ihr zu dieser Miniatur eine kostbare Fassung, die aus einem sogenannten Reliquienschrein besteht, ein prachtvolles Stück russischer Goldschmiedearbeit. Sie haben es vielleicht im Besitz der Gräfin gesehen, denn sie trennt sich nie davon, und es steht nachts neben ihrem Lager.«

Daniela sah auf. »Ich sah ein aus Gold gearbeitetes Kleinod, das einem zierlichen Altar glich, auf dem Nachttisch der Gräfin stehen, als ich eines Morgens in ihrem Zimmer war.«

»Gewöhnen Sie sich nicht daran, Ihre künftige Herrin anders zu nennen als Frau Lentikoff. Sie hat ein Anrecht auf diesen Namen, da die Smolenskis mit ihrem vollständigen Namen einst nach ihren Gütern Grafen Smolenski-Ripnik-Saratow-Lentikoff hießen. Die Familie hat früher unter dem Namen Lentikoff Reisen unternommen. So nennt sich die Gräfin, seit sie in die Verbannung zog, einfach Frau Lentikoff.

So, liebe Daniela, nun wissen Sie in großen Umrissen alles, was diese Ärmste zu einer einsamen, verbitterten Frau gemacht hat. Und wenn Sie die Stellung bei ihr annehmen, werden Sie ihre kleinen Absonderlichkeiten verstehen.«

»Was Sie mir erzählt haben, hat mich tief bewegt. Wie furchtbar muß die Ärmste gelitten haben!«

»Ja, sie hat unbeschreiblich gelitten. Seien Sie lieb und gut zu ihr, auch wenn sie unzugänglich scheint. Helfen Sie ihr, soviel Sie können, ihr schweres, freudloses Leben zu ertragen. Sie hat mich noch oft vorwurfsvoll gefragt, warum ich sie damals nicht sterben ließ, als sie die Waffe gegen sich abdrücken wollte, und mir versichert, sie danke es mir nicht, daß ich ihr das Wort abnahm, nie wieder nach dem eigenen Leben zu trachten. Aber sie hat dies Wort gehalten, man kann auf ihr Wort bauen. Wenn es Ihnen gelingt, liebes Kind, nur ein wenig Freude und Sonnenschein in dies verdüsterte Gemüt zu zaubern, haben Sie etwas sehr Gutes getan.«

»Es soll mein innigstes Bestreben sein, Frau Baronin.«

»So kann ich also diese Angelegenheit als erledigt betrachten, und Sie sind fest engagiert für Frau Lentikoff, da ich Vollmacht habe.«

»Ich wüßte nicht, wem ich außer Ihnen lieber dienen möchte als der armen Gräfin Smolenski.«

»Bleiben wir bei Frau Lentikoff. Prägen Sie sich ein, daß sie nicht anders genannt sein will. Sie hat mir gesagt: Die Gräfin Smolenski ist tot, sie ist gestorben, als sie Sohn und Gatten hergeben mußte. Wecken Sie keine Erinnerungen an jene Zeiten des Glücks in ihr. Die näheren Bedingungen vereinbaren Sie mit Frau Lentikoff selbst, wenn sie hier ist. Sie werden jedenfalls einen guten Tausch machen, denn Frau Lentikoff ist dank der klugen Voraussicht ihres Gatten eine sehr reiche Frau. Aber ich glaube, sie würde alle ihre Schätze willig hingeben, wenn sie damit ihren Sohn wieder lebendig machen könnte.«

Die alte Dame atmete auf. »Nun haben wir aber genug

von betrüblichen Dingen gesprochen, liebes Kind. Jetzt wollen wir einen kleinen Spaziergang machen.«

II

Es war zwei Wochen später. Daniela Falkner hatte die Baronin in Frau Lentikoffs Hotel begleitet. Frau Lentikoff hatte die beiden eingeladen, mit ihr zu speisen.

Natascha empfing die Damen und bat sie, noch einige Minuten zu warten. Sie sagte das in mühsam eingelernten deutschen Worten. Danach trat sie ins Nebenzimmer.

»Die Damen erwarten dich, Mütterchen«, meldete Natascha in russischer Sprache mit ihrer sanften, weichen Stimme.

»Es ist gut, Natascha. Gib mir noch ein Taschentuch«, erwiderte Frau Lentikoff.

Sie war eine schlanke, aristokratische Erscheinung mit anmutigen, aber müden Bewegungen. Das weiße Haar, zu einer eleganten Frisur geordnet, zeigte noch die ganze Fülle von einst. Es kontrastierte stark mit den noch dunklen Augenbrauen und den wundervollen dunklen Augen.

Ehe Frau Lentikoff das Zimmer verließ, trat sie an das Nachttischchen. Dort stand der von der Baronin erwähnte Reliquienschrein. Geöffnet zeigte er eine dreiteilige Form. Das mittlere Teil war ein aus ziseliertem Gold gearbeiteter Kasten in Form eines mäßig starken Buches, auf dessen vorderer Seite ein wundervoll gearbeitetes, mit Edelsteinen besetztes Heiligenbild zu sehen war. Die Seitenteile schlossen sich an das Mittelteil an wie Türen. Diese Seitenteile waren wie goldgeschmiedete Gitter gearbeitet, über die sich stilisierte Rosen in durchbrochenem Muster legten.

Frau Lentikoff nahm den Schrein empor und drückte auf einen Rubin, der nun in eine winzige Rosette zurückwich. Sogleich bewegte sich das in der ziselierten Goldplatte liegende Heiligenbild und drehte sich um seine eigene Achse, so daß nun seine Rückseite zum Vorschein kam. Es erschien eine wundervoll gemalte Miniatur eines jungen Offiziers in der Uniform eines russischen Zarenregiments.

Mit müden, zärtlich traurigen Augen sah die alte Dame auf das junge Gesicht, das edle, regelmäßige Züge zeigte. Klar und leuchtend, als lebten sie, blickten die Augen aus dem Bild.

Aufatmend legte Frau Lentikoff ihre Wange an das Bild, leise zärtliche Worte flüsternd, als spräche sie mit dem verlorenen Sohn. Dann drückte sie auf die von dem Rubin markierte Feder und ließ das Bild wieder verschwinden. Zwischen Bild und Rückwand des goldenen Kastens war unten eine flache goldene Kapsel festgelötet. In der Kapsel befand sich die Reliquie: ein Splitter vom heiligen Kreuz, wie die fromme Mutter glaubte. Unter dem Schutz dieses Heiligenbildes und der Reliquie hatte sie ihren Sohn wohlbehütet geglaubt.

Langsam stellte sie den Schrein wieder auf. Jedesmal, wenn sie das Bild ihres Sohnes angesehen hatte und dann die Augen schloß, sah sie ihn wie leibhaftig vor sich. Aber nicht so, wie ihn das Bild zeigte, sondern als einen gereiften, stillen Mann in Zivilkleidern, aus dessen leidvollem Gesicht sie die leuchtenden Augen grüßten, so, wie er sich wohl im Lauf der Jahre entwickelt haben könnte, wenn er am Leben geblieben wäre.

Aufseufzend trat sie zurück, sah sich um. »Hast du

dir die junge Dame angesehen, Natascha, die mit der Frau Baronin gekommen ist?«

»Ja, Mütterchen, sie ist noch so schön wie vor einem Jahr, als du im Haus der gnädigen Frau Baronin weiltest. Sie ist lieb und freundlich wie damals.«

Die alte Dame nickte. »Ja, sie ist schön und gut, hat ein Herz für das Alter und ist sehr angenehm und sympathisch. Du weißt, daß ich sie mitnehmen will, wenn wir Berlin wieder verlassen.«

»Ja, Mütterchen. Und das wird gut sein, denn sie wird dir ein großes Glück bringen.«

Ein mattes Lächeln legte sich um den Mund Frau Lentikoffs. »Ein großes Glück? Dann müßte sie meinen Sohn lebendig machen können, Natascha, ein anderes Glück wüßte ich nicht für mich. Weshalb glaubst du, daß sie mir Glück bringen könnte?«

»Ich will es dir sagen, Mütterchen. Als sie dich heute am Bahnhof begrüßte, legte sich ein Sonnenstrahl über dich und sie. Und Sonnenschein von einem Menschen zum anderen bringt ein großes Glück. Auch du wirst ihr Glück bringen, Mütterchen.«

»Ich weiß, du glaubst fest an solche Dinge, Natascha. Was wir glauben, kommt aus unserm Innersten. Also will ich immerhin, was du mir eben sagtest, für ein günstiges Zeichen ansehen, daß die junge Dame mir über manche traurige Stunde hinweghilft. Aber nun darf ich meine Gäste nicht länger warten lassen.«

Sie begrüßte erst herzlich ihre Freundin und wandte sich dann dem jungen Mädchen zu. »Fräulein Falkner, Sie wollen mir in Zukunft Gesellschaft leisten und mich alte, einsame Frau in mein ruheloses Leben begleiten?«

Daniela sah sie an. »Gern, gnädige Frau, wenn Sie es mir gestatten wollen.«

Frau Lentikoff hüllte sich wie fröstelnd fester in das kostbare Seidentuch. »Sie werden viel Geduld mit mir haben müssen, wenn ich trübsinnig und verbittert werde.«

»Ich will alles tun, was in meiner Kraft steht, um Ihnen solche Stunden nach Möglichkeit fernzuhalten oder sie Ihnen wenigstens tragen zu helfen.«

Frau Lentikoff nickte ihr zu und wandte sich dann an die Baronin. »Du hast Fräulein Falkner alles gesagt, was sie wissen muß, Magda?«

»Ja, Katharina, sie weiß alles.«

Diese sah wieder Daniela an. »So werden Sie also begreifen, daß es nicht Launen sind, die mich zuweilen für meine Umgebung unleidlich machen?«

»Ich weiß, daß Sie durch tiefes Leid bedrückt sind, gnädige Frau. Sie brauchen kein Rücksicht auf mich zu nehmen.«

»Mein liebes Kind, ich hoffe, Sie finden das Leben bei mir erträglich. Aber nun wollen wir zu Tisch gehen, wenn es dir recht ist, Magda.«

Die Damen begaben sich hinunter in den Speisesaal. Hier hatte Frau Lentikoff einen Tisch in einer Nische bestellt. Frau Lentikoff ließ ein auserlesenes Mahl servieren, und man plauderte über allerlei Themen. Frau Lentikoff wurde etwas lebhafter, doch konnte sie mitten im Gespräch plötzlich starr vor sich hinblicken. Solche Momente wiederholten sich oft bei ihr. Dann wurden ihre Mienen schlaff und fahl, in ihren Augen lag Grauen, und auf ihrer Stirn perlte Angstschweiß.

Die Baronin kannte diese Zustände ihrer Freundin, legte ihr sanft die Hand auf ihren Arm. »Katharina, komm zu dir!« sagte sie leise.

Als die Baronin mit Daniela auf dem Heimweg war, sagte sie: »Liebes Kind, wenn Sie sehen, daß Frau Lentikoff mitten im Gespräch starr und geistesabwesend vor sich hinblickt, so bieten Sie alles auf, um sie abzulenken. Sie haben es sicher heute abend bemerkt. Die Ärmste wird dann immer von demselben Schreckbild heimgesucht. Sie sieht ihren Sohn auf den Schneefeldern Sibiriens, von hungrigen Wölfen umkreist. Man tut ihr dann eine Wohltat, wenn man sie um jeden Preis abzulenken sucht.«

»Die Ärmste, wie sie leiden muß! Könnte ich ihr doch helfen!«

»Das habe ich mir schon oft gewünscht. Aber dieser armen Mutter ist nicht zu helfen. Selbst wenn sie durch Rußland nach Sibirien reisen würde, mit allen Vollmachten versehen, um ihren toten Sohn zu suchen, was hülfe es ihr? Seine Spuren sind längst verweht.«

»Ein entsetzlicher Gedanke für eine Mutter.«

»Gewiß. Und es ist kein Trost für sie, daß viele Mütter ein gleiches Elend ertragen müssen.«

An diesem Abend schrieb Daniela, als sie allein in ihrem Zimmer war, einen Brief an ihren Bruder Busso, dem sie mitteilte, welche Änderung in ihrem Leben eingetreten war.

»Ohne Zögern habe ich die Stellung bei Frau Lentikoff angenommen, denn Du hast ja vorläufig keine Aussicht, nach Deutschland zu kommen. So wird es mir nicht schwer, mit der Dame ins Ausland zu gehen. Ich freue mich darauf, ein Stück von der Welt zu sehen und das unter sehr angenehmen Verhältnissen. Mach Dir also keine Sorge um mich, Busso, ich glaube, Du kannst über mein Schicksal beruhigt sein. Vorläufig will ich wünschen, daß wir auch einmal Schweden besuchen und uns beiden dadurch ein Wiedersehen beschert wird. Jedenfalls lasse ich Dich immer wissen, wo ich mich befinde und wie mich Deine Nachrichten erreichen.

Hoffentlich erhalte ich vor meiner Abreise von Berlin noch einen Brief von Dir, ich hatte schon seit Wochen keine Nachricht. Trotzdem hoffe ich, daß es Dir gutgeht. Um Dich und mich ist mir nicht bange, wir beißen uns schon durch. Ich bin so froh, daß Du wieder ganz gesund und stark bist, Deine Wunde ganz geheilt ist und keinerlei Folgen zurückgeblieben sind. So bist Du doch körperlich nicht in deinem Fortkommen behindert.

Ich hoffe, daß ich in meiner neuen Stellung einige Ersparnisse machen kann. Das soll mir lieb sein. Da ich weder für Kleider noch für meinen Lebensunterhalt Ausgaben habe, werde ich den größten Teil meines Gehaltes zurücklegen können. Aber nun will ich schließen mit herzlichen Grüßen. In schwesterlicher Liebe und Treue

Deine Daniela.«

Schon am übernächsten Morgen fand Daniela einen Brief ihres Bruders am Frühstückstisch.

»Meine liebe kleine Schwester! Diesmal habe ich Dich lange auf Nachricht warten lassen müssen. Ich hatte sehr viel zu tun, und meine wenigen freien Stunden habe ich meinem Freund Stefan Kolniko gewidmet, da er jetzt hier in Stockholm lebt. Du kannst Dich sicher seines Namens erinnern. Stefan Kolniko ist der junge Russe, der mir die Flucht aus der Gefangenschaft ermöglichte. Sicher erinnerst Du Dich auch daran, daß ich ihm seinerzeit das Leben gerettet habe, als ich ihn verwundet unter den Trümmern eines brennenden Hauses hervorzog. Als ich dann ein Jahr später verwundet in russische Gefangenschaft geriet, fügte es ein günstiges Geschick, daß Stefan Kolniko Wachtposten war in dem Lazarett, wo ich lag. Ich erkannte ihn sofort, als ich auf dem Gang spazierengehen konnte; aber er verriet mit keinem Wimperzucken, daß er seinen Lebensretter erkannt hatte.

Erst später, als er an mir vorüberging, sagte er leise in deutscher Sprache, die er vollständig beherrschte: ›Nicht kennen – Vorsicht!‹

Ich gab mir den Anschein, ihn nicht zu kennen, obwohl ich noch nicht wußte, was er vorhatte.

Am nächsten Tag fand ich bei meinem Suppennapf einen Zettel. Darauf stand: ›Sie haben mir das Leben gerettet, ich bleibe nichts schuldig. Achten Sie genau auf meine Zeichen. Wenn möglich, mache ich Sie frei.‹

Und er hielt Wort. Eines Nachts, als er wieder Wache hatte, verhalf er mir zur Flucht und hatte alles vorbereitet, damit sie glückte. Er brachte mich selbst an einen sicheren Ort, wo ich Kleider, etwas Geld und sogar Papiere fand, die er einem toten Kameraden zu diesem Zweck abgenommen hatte. Und zum Abschied sagte er mir:

›Wenn ich jetzt gesund vor Ihnen stehe, danke ich es Ihnen. Stefan Kolniko bleibt niemand etwas schuldig. Geben Sie mir Ihr Ehrenwort, daß Sie nie mehr gegen meine Landsleute kämpfen!‹

Ich gab ihm mein Ehrenwort, und wir trennten uns mit einem festen Händedruck. Es fiel mir schon damals auf, daß der schlichte Soldat – er war nicht Offizier – eine so gewählte Sprache hatte und ein tadelloses Deutsch sprach. Daß ich sicher über Finnland nach Schweden entkam, danke ich ihm. Und ich konnte mein Ehrenwort einlösen, da kurz nach meiner Heimkehr das Kriegsende kam.

Ich rief Dir dies nur noch einmal alles ins Gedächtnis, um dich an Stefan Kolniko zu erinnern. Ich hatte ihm ein gutes Andenken bewahrt; abgesehen von dem, was er für mich tat, war er mir ungemein sympathisch. Nun denke Dir mein freudiges Erstaunen, als ich ihn vor Wochen hier auf der Straße traf. Auf der Drottningallee kam er mir eines Sonntags entgegen. Wir stutzten beide, sahen uns groß an und hielten uns auch schon an den Händen, als könnte es nicht anders sein. In diesem Augenblick wußten wir, daß wir Freunde waren. Unsere

Freude über dieses Wiedersehen war groß nach den vielen Jahren, die vergangen sind. Er teilte mir mit, daß er sein Vaterland für immer verlassen habe. Stefan Kolniko erzählte mir in großen Umrissen die Geschichte seines Lebens: ›Meiner Familie und mir ist großes Unrecht zugefügt worden. Deshalb habe ich mein Vaterland verlassen, habe in Finnland in einer Maschinenfabrik gearbeitet, um meine Prüfung als Ingenieur zu bestehen, und bin nun nach Schweden gekommen, um Stellung zu suchen.‹

Es stellte sich also heraus, daß wir Fachgenossen waren. Und ich habe von ihm erfahren, wie es kam, daß dieser hochbegabte, feingebildete Mensch als gemeiner Soldat diente. Das ist aber eine sehr lange Geschichte, mir unter Diskretion anvertraut. Nur soviel will ich Dir sagen, daß er aus einer sehr vornehmen Familie stammt und seine Eltern und sein Vermögen auf tragische Weise verloren hat.

Kurzum, ich konnte ihm nützlich sein und ihm in derselben Fabrik, in der ich arbeite, eine Stellung als Ingenieur verschaffen. Er ist freilich nicht Diplomingenieur, und hat auch nicht den Doktortitel. Aber er ist ein ungemein tüchtiger Mensch, ein vornehmer Charakter. Ich nenne ihn mit Stolz meinen Freund.

Allerdings hat diese Freundschaft mich in den vergangenen Wochen Zeit gekostet, und deshalb komme ich erst heute dazu, Dir zu schreiben. Solltest Du Geld brauchen, so teile es mir mit. Ich gebe Dir gern von meinem ›Reichtum‹ ab, andernfalls halte ich es zusammen, damit ich nicht eines Tages mit leeren Taschen heimkehre.

Ich zeigte Stefan Kolniko Dein Bild. Er hat es lange betrachtet, mit großen Augen. Dann hat er es seufzend zurückgegeben mit den Worten: ›Du bist reich und glücklich zu preisen, Busso, denn du hast doch noch einen geliebten Menschen, der durch die Bande des Blutes zu dir gehört. Wer so ganz allein im Leben steht wie ich, kann ermessen, wie beneidenswert du bist. Und stolz kannst du auf diese Schwester sein, sie ist schön und gut.‹

Ich habe ihm viel von Dir erzählt, von Deiner lieben, tapferen Art. Und ich bin wirklich sehr stolz auf Dich. Stefan Kolniko interessiert sich sehr für Dich und möchte Dich gern kennenlernen. Er plant, eines Tages mit mir nach Deutschland zu gehen. Fast mehr als ich ist er davon überzeugt, daß Deutschland eine große Zukunft hat. Stefans Mutter war eine Deutsche von Geburt, deshalb beherrscht er unsere Sprache vollständig. Aber nun habe ich genug von Stefan erzählt, der mich bittet, Dich grüßen zu dürfen. Ich will Dir noch sagen, daß ich gesund bin. Meine Erfindung, von der ich Dir schrieb, ist fertig, aber ich will sie nicht im fremden Land verwerten; so Gott will, soll sie Deutschland Nutzen bringen. Ich muß mich in Deutschland an Interessenten wenden, sobald alles klipp und klar geordnet ist.

Hoffentlich höre ich nun auch von Dir bald wieder Gutes. Ich bin froh, daß ich Dich im Haus der Baronin Berken gut untergebracht weiß.

Mit vielen innigen Grüßen und einer ergebenen Empfehlung an die Frau Baronin

Dein treuer Bruder Busso.«

III

In einem hübschen schwedischen Holzhaus, das auf einem festen Steinsockel erbaut war, bewohnte Dr. Ing. Busso Falkner zwei freundliche Zimmer. Bei denselben Wirtsleuten hatte auch vor zwei Monaten Stefan Kolniko, Bussos russischer Freund, Wohnung gefunden. Es war freilich nur ein Schlafzimmer für ihn vorhanden gewesen, aber Busso hatte lachend gesagt: »So behelfen wir uns mit einem gemeinsamen Wohnzimmer, Stefan. Wir werden uns gegenseitig nicht stören.«

Also hausten die Freunde einträchtig zusammen. Die freundliche Wirtin sorgte für Bedienung und Verpflegung, sie lebten behaglicher und billiger als im Restaurant und konnten beide von ihrem Verdienst etwas zurücklegen.

Sonntags machten die Freunde gemeinsame Ausflüge oder trieben Sport. Und mit jedem Tag kamen sie einander näher. Sie hatten keine Geheimnisse voreinander, sie wußten, daß sie einander vertrauen konnten und daß einer des anderen Geheimnisse nicht ausplaudern würde.

An einem Sonntagmorgen saßen die beiden behaglich in dem gemeinsamen Wohnzimmer beim Frühstück, als die Wirtin einen Brief hereinbrachte.

Busso erkannte die Handschrift seiner Schwester.

»Entschuldige, Stefan, ich möchte lesen, was mir meine Schwester schreibt.«

Stefan Kolniko, ein hochgewachsener Mann Anfang der Vierzig, nickte lächelnd. Er war eine auffallend interessante Erscheinung, schlank und doch kräftig, mit zielsicheren und elastischen Bewegungen, einem schmalen Gesicht mit energischen Zügen, stahlblauen Augen unter der vorspringenden Stirn. Das Haar war dunkel, fast schwarz und der Teint tief gebräunt von Luft und Sonne.

Von seiner russischen Abstammung zeugte nichts als die Schwermut, die im Ausdruck der Augen lag. Sonst hätte man ihn für einen Deutschen halten können.

Er sah mit einer leichten Spannung zu dem Freund hinüber, der den Brief Danielas las, in dem sie ihm von ihrem neuen Engagement Mitteilung machte.

Als Busso den Brief gelesen hatte, ließ er ihn sinken und blickte den Freund nachdenklich an.

»Hast du gute Nachrichten von deiner Schwester?« fragte Stefan interessiert.

»Ich weiß nicht, ob ich sie unbedingt für gut halten soll; du kannst den Brief lesen, wir haben ja keine Geheimnisse voreinander.«

Stefan vertiefe sich sichtlich interessiert in die Lektüre des Briefes.

»Ein tapferes Mädchen«, sagte er, als er zu Ende war.

»Ja, sie ist tapfer und ein vornehmer Mensch, das kann ich ohne brüderliche Übertreibung sagen. Sie hätte ein besseres Los verdient.«

Stefan stützte den Kopf in die Hand. »Ob ich sie wohl eines Tages kennenlerne? Ich habe ein wenig das Gefühl, als gehörte sie auch zu mir, da sie meines besten Freundes Schwester ist.«

»Hoffentlich! Ich meine, ihr beide müßtet euch gut verstehen können.«

»Das glaube ich auch, nach allem, was du mir von ihr erzählt hast, und nachdem ich ihr Bild gesehen habe.«

»Vorläufig ist freilich wenig Aussicht, daß wir uns wiedersehen, zumal sie ja nun Deutschland verläßt. Es ist mir sehr schwer geworden, sie nach Mutters Tod allein in Deutschland zurückzulassen. Meine einzige Beruhigung war, daß ich sie im Haus einer gütigen Frau in Sicherheit wußte. Nun verliert sie diese Stellung, und ich muß froh sein, daß sie so schnell Ersatz gefunden hat. Eine gewisse Gewähr bietet mir der Umstand, daß die

Damen Freundinnen sind und Daniela also nicht zu einem ganz fremden Menschen kommt. Immerhin wäre es mir natürlich viel lieber, wenn ich nach Deutschland zurückkehren und meiner Schwester ein bescheidenes Heim bieten könnte.«

»Das glaube ich dir.«

»Ganz im Vertrauen, Stefan: ich habe Heimweh nach Deutschland. Sobald sich mir dort etwas bietet, nehme ich es an.«

»Hoffentlich findet sich dann auch etwas für mich. Ich möchte mich nicht von dir trennen, Busso. Und da ich nicht in meinem Vaterland sein kann, möchte ich am liebsten im Vaterland meiner verstorbenen Mutter leben.«

»Hast du keine Verwandten mehr von seiten deiner Mutter, Stefan?«

»In der ganzen weiten Welt existiert kein Mensch mehr, der zu mir gehört. Deshalb klammere ich mich ja mit meinem ganzen Herzen an dich. Und daß ich eines Tages nach Deutschland gehen würde, stand schon immer fest bei mir. Ich habe diesen Plan nur nicht verwirklichen können, weil ich mich bisher gerade so recht und schlecht durchschlagen konnte, immer von der Hand in den Mund gelebt habe. In Finnland ersparte ich mir mühsam das Reisegeld nach Schweden. Von hier hoffte ich dann, leichter eine Gelegenheit nach Deutschland zu finden. Gottlob habe ich nun hier eine annehmbare Stellung gefunden. Auch das danke ich dir, wie mein Leben.«

Busso winkte hastig ab. »Schweig still, Stefan! Wir sind doch übereingekommen, daß unsere Rechnung miteinander quitt ist.«

»Ich werde trotzdem immer dein Schuldner bleiben, es sei denn, ich könnte dir einmal einen großen Dienst erweisen.«

»Stefan, dann stimmte die Rechnung ja wieder nicht. Wir wollen aber nicht mehr darum streiten, sondern jetzt unseren geplanten Ausflug antreten. Es wird Zeit zum Aufbrechen.«

Stefan reckte seine schlanke Gestalt. »Gut, gehen wir!«

Bald verließen sie das Haus, um einen Ausflug an den Meeresstrand zu machen.

Der Frühling hatte hier oben im Norden ein rauhes Gesicht. Noch lag Schnee auf allen Wegen, und ein scharfer, frischer Wind, aus dem kein Frühlingsatem wehte, blies den beiden Männern um die Ohren.

»In meiner deutschen Heimat blühen jetzt Anemonen und Himmelschlüssel und vielleicht schon hier und da ein Veilchen«, sagte Busso, während sie kräftig ausschritten, um sich zu erwärmen.

Daniela Falkner hatte von der Baronin tiefbewegt Abschied genommen, auch von der alten Christine. Zu dieser hatte sie mit unsicherer Stimme gesagt:

»Es ist mein einziger Trost, Christine, daß Sie so gut wie möglich für Ihre Herrin sorgen werden. Achten Sie gut auf sie, im Frühjahr ist sie so leicht anfällig.«

Christine nickte und streichelte ihr die Hand. »Darauf können Sie sich verlassen, Fräulein Daniela. Reisen Sie mit Gott! Ich wünsche Ihnen alles Gute.«

Auch die Baronin hatte feuchte Augen, als sie ihr Lebewohl sagte.

Und nun fuhr Daniela mit ihrer neuen Herrin und Natascha nach Hamburg. Frau Lentikoff hatte dort in den »Vier Jahreszeiten« Zimmer bestellt. Sie wollte einige Tage in Hamburg bleiben, um zu sehen, wie sich diese Stadt nach dem Krieg entwickelt hatte.

Daniela kannte Hamburg noch nicht und fand die Partie um die Alster reizend. Auch das Hafentreiben interessierte sie sehr, und es machte Frau Lentikoff sichtlich Freude, ihr alles zu zeigen. Sie fand es angenehm, so ein warmherziges, empfängliches junges Blut um sich zu haben.

Geld schien bei Frau Lentikoff keine Rolle zu spielen. Daniela stand manchmal das Herz still, wenn sie hörte, welche Summen mit müder Gleichgültigkeit ausgegeben wurden.

Die alte Dame drang darauf, daß Daniela sich in Hamburg noch einige Kleider kaufte. Schon in Berlin hatte sie sich verschiedenes angeschafft von dem Kleidergeld, das sie bezog. Nun verlangte Frau Lentikoff noch die Anschaffung eines Abendkleides. Ein wenig bänglich rechnete Daniela dabei aus, daß ihr Kleidergeld bei solchen Anschaffungen bald zu Ende sein würde. Die neuen Sachen kleideten sie freilich entzückend und mußten einem weiblichen Herzen Freude machen. Aber die Rechnung?

Zaghaft öffente Daniela sie – und sah zu ihrer Überraschung, daß sie schon quittiert war. Sie blickte fragend zu Frau Lentikoff hinüber.

»Die Rechnung ist schon quittiert, gnädige Frau, also habe ich Ihnen diese Summe zu erstatten.«

»Das können Sie natürlich nicht von dem Ihnen ausgesetzten Kleidergeld bezahlen, Fräulein Daniela. Ich sah, daß Sie nicht sehr viel Garderobe besitzen, wollte aber in Berlin nicht darüber sprechen, um meine Freundin nicht zu kränken. Lassen Sie mich das ein wenig ausgleichen, indem ich Ihnen dies und jenes anschaffe, was mir für Sie gefällt. Sie sind jung und schön, und ich sehe gern gut angezogene Menschen, wenn ich selbst auch nie etwas anderes als schwarze Kleider trage. Sollte Ihr Kleidergeld einmal nicht ausreichen, müssen Sie es mir sagen. Auf keinen Fall verbrauchen Sie dazu Ihr Gehalt.«

Daniela küßte ihr die Hand. »Ich danke Ihnen, gnädige Frau.«

»Macht es Ihnen Freude, schöne Kleider zu tragen?« fragte die alte Dame mit ihrem müden, schattenhaften Lächeln.

»O ja, welcher Frau würde das keine Freude machen?«

Frau Lentikoff nickte. »Sie haben recht, denn Sie sind jung und froh. Bleiben Sie es, damit ich mich an Ihrer Jugend und Ihrem Frohsinn wärmen kann.«

So gab Frau Lentikoff Daniela zuweilen zu verstehen, daß ihre Gesellschaft ihr wohltue. Das junge Mädchen nahm es ernst mit seiner Aufgabe und suchte Frau Lentikoff von ihren traurigen Gedanken abzulenken. Daniela paßte sich auch sonst mit großem Taktgefühl allen Stimmungen ihrer Herrin an. Als sie merkte, daß es dieser lästig war, mit Hotelpersonal und Kaufleuten zu verhandeln, nahm sie ihr das mehr und mehr ab. So gewöhnte sich Frau Lentikoff schnell daran, alle ihre Wünsche nur Daniela gegenüber zu äußern, und diese übernahm dann diese Angelegenheiten.

Von Hamburg aus fuhren sie mit einem großen Überseedampfer nach England. Frau Lentikoff wollte im Frühling einige Wochen auf ihrem Cottage Hedgehouse verleben.

Daniela war zumute, als erlebe sie täglich ein Märchen. Es gab kein langes Rechnen mehr, kein sorgenvolles Beraten, ob dies oder das angeschafft werden könnte. Ihre neue Herrin besaß mit ihrem fürstlichen Vermögen einen Zauberschlüssel. Alles, was sie für sich und ihre Begleitung wünschte, war da.

Frau Lentikoff zeigte sich merklich etwas frischer und angeregter, seit Daniela immer um sie war. Auch hatte das Wiedersehen mit der Baronin einen günstigen Einfluß auf sie ausgeübt. Danielas freundliches, heiteres Wesen blieb nicht ohne Wirkung. Natascha merkte das sehr wohl und war Daniela dafür dankbar. Was man ihrer Herrin Gutes tat, tat man auch ihr.

»Es ist sehr schön, daß ich Sie bei mir habe, Fräulein Daniela, und ich bedaure meine Freundin, daß sie sich von Ihnen trennen mußte«, sagte Frau Lentikoff eines Tages.

Daniela hob ihre Augen zu ihr auf. »Ich kann es nicht in Worten ausdrücken, gnädige Frau, wie dankbar ich bin, daß Sie mich für wert hielten, Sie zu begleiten.«

In diesem Augenblick kam Natascha heran, um Frau Lentikoff zu fragen, ob sie Befehle für sie habe.

Diese verneinte und fuhr dann in russischer Sprache zu Natascha gewendet fort: »Sieh dir die junge Dame an, Natascha, die mir, wie du behauptest, ein großes Glück bringen soll. Sieht sie nicht aus wie der lebendige Frühling?«

Natascha nickte eifrig. »Ja, Mütterchen, sie gleicht einem schönen Heiligenbild mit ihrem goldig schimmernden Haar. Und sie ist gut und ehrlich und dir treu ergeben. Sie tut deiner kranken Seele wohl. Ich bin ja nur eine einfältige Dienerin und kann nichts tun, als dir in Treue dienen. Du wirst erst in Hedgehouse merken, wenn wir allein sind, wie gut es dir tun wird, so ein liebes junges Ding um dich zu haben.«

»Natascha, ich glaube wirklich, ihre Gesellschaft macht mich gesünder.«

»Dann sollen die Heiligen sie segnen, Mütterchen.«

Es war das erstemal, daß Frau Lentikoff in Danielas Gegenwart mehr als einen kurzen Befehl Natascha gegenüber ausgesprochen hatte. Daniela war bei dieser Unterhaltung dunkelrot geworden, und als Natascha sich entfernt hatte, sagte sie verlegen:

»Verzeihen Sie, gnädige Frau, daß ich Ihnen noch nicht mitgeteilt habe, daß ich auch die russische Sprache ziemlich beherrsche. Ich habe jedes Wort verstanden, das Sie mit Natascha gewechselt haben, und kam mir dabei wie eine unberechtigte Lauscherin vor.«

Frau Lentikoff sah überrascht auf. »Sie sprechen russisch?« fragte sie in dieser Sprache.

Daniela antwortete gleichfalls russisch: »Nicht ganz perfekt, gnädige Frau, aber doch so, daß ich die Worte verstehen konnte.«

Die alte Dame lächelte matt und fuhr in gleicher Sprache fort: »Nun, so haben Sie daraus ersehen, daß Sie mir und Natascha sympathisch sind. Daß Sie auch schön sind, hat Ihnen der Spiegel jedenfalls schon verraten. Ich ahnte nicht, daß Sie die russische Sprache beherrschen. Meine Freundin rühmte mir freilich Ihr Sprachtalent und sagte mir, daß Sie englisch und französisch ganz perfekt sprechen und sich sonst noch in verschiedenen Sprachen verständlich machen können. Das war mir sehr angenehm. Aber daß Sie auch russisch sprechen, ist mir neu. Wie sind Sie denn dazu gekommen, dies zu lernen?«

»Mein Vater war Neuphilologe, der fast alle neuen Sprachen beherrschte, neben einigen alten. Da habe ich von allem etwas abbekommen. Mit Sprachtalent sind wir sozusagen erblich belastet, mein Bruder und ich. Er interessierte sich sehr für die russische Sprache, und ich lernte sie, ihm zur Gesellschaft, mit.«

»Hätten Sie dieses Sprachtalent nicht nutzbringender verwenden können als in einer Stellung als Gesellschafterin einer alten Dame?«

»Es bot sich mir keine passende Gelegenheit. Und da mein Bruder nicht in Deutschland bleiben konnte und ich also allein war, wollte ich keine andere Stellung annehmen als im Schutz eines Hauses.«

»Und nun ziehen Sie mit mir von Ort zu Ort. Wird Ihr Bruder damit einverstanden sein?«

»Er ist es, gnädige Frau, denn er weiß, daß ich auch auf Reisen unter Ihrem Schutz lebe.«

»Ihr Bruder ist Ihr einziger Verwandter?«

»Ja, gnädige Frau, er befindet sich zur Zeit in Schweden in Stellung.«

»Ist er auch ein Gelehrter geworden wie Ihr Vater, oder hat er einen anderen Beruf?«

»Mein Bruder ist Ingenieur.«

Frau Lentikoffs Gesicht wurde plötzlich starr. Sie dachte an ihren Sohn, der so gern Ingenieur geworden wäre. Und die Erinnerung an ihn weckte wieder diese Versunkenheit.

Daniela erschrak, als sie in ihr verändertes Gesicht blickte, und gedachte der Mahnung ihrer früheren Herrin. Sicherlich hatte die Ärmste wieder jene Vorstellung von der sibirischen Schneewüste und ihrem toten Sohn. Und in ihrer jungen Seele lebte der Wunsch, zu helfen, zu trösten und zu heilen.

»Liebe gnädige Frau, sehen Sie, wie wundervoll die Sonne uns beleuchtet!« sagte sie mit bebender Stimme, um die Unglückliche abzulenken.

Diese schrak auf. Sie sah in Danielas teilnahmsvolle Augen hinein. Da atmete sie auf und sprach zum erstenmal von ihrem Sohn. »Ich mußte daran denken, daß mein Sohn so gern Ingenieur geworden wäre. Da stand wieder all das Schreckliche vor mir, das mich so unsagbar martert.«

»Es tut mir leid, daß ich diese trüben Erinnerungen in Ihnen weckte.«

»Liebes Kind, diese Erinnerungen werden täglich durch tausend Dinge geweckt. Sie können das nicht ändern. Bitte, achten Sie nicht darauf, wenn ich zuweilen Stimmungen unterworfen bin und Ihnen ein wenig sonderbar erscheine. Es ist ja ein Wunder, daß ich meinen Verstand nicht ganz verloren habe. Verzeihen Sie mir meine Geistesabwesenheit.«

»O bitte – ich kann Sie sehr gut verstehen, gnädige Frau.«

»Soviel mir ein Mensch wohltun kann, haben Sie es schon getan, Daniela. Ich darf einfach Daniela sagen?«

»Ich bitte darum, gnädige Frau.«

»Sie sind ein liebes, gutes Kind, und in Ihren Augen liegt viel ehrliche Teilnahme. Ich habe unterscheiden gelernt, was konventionelle Neugier und was ehrliche Teilnahme ist. Zur letzteren haben wenige Menschen Zeit, man erfährt das bald. Weil ich in Ihren Augen dies echte Gefühl sehe, kann ich zu Ihnen von meinem Sohn sprechen. Ich kann es sonst nur mit Natascha und mit meiner Freundin Berken. Nun werde ich auch zu Ihnen von meinem Elend reden können. Das ist freilich keine schöne Aussicht für Sie.«

»Ich wünsche mir nichts Besseres, als daß Sie mich für wert halten, darüber mit mir zu sprechen. Ich bin jung, aber ich denke, daß ich trotzdem fähig sein werde, Ihr Leid zu verstehen. Ich bin von dem Wunsch erfüllt, Ihnen zu helfen, soweit es meine schwachen Kräfte vermögen.«

Frau Lentikoff streichelte leicht über Danielas Haar. Und dann sagte sie ablenkend: »Sie müssen nachher mit Natascha russisch reden, Daniela, es wird sie sehr freuen. Sie wird dann öfter ein Schwätzchen mit Ihnen machen wollen. Ich bin selten dazu aufgelegt, mit ihr in ihrer Muttersprache zu plaudern, und mit anderen Menschen kann sie es nicht. Wenn Sie sich nicht ohnehin Nataschas Wohlwollen errungen hätten, würde das geschehen, wenn Sie russisch mit ihr sprechen. Sie ist eine gute Menschenkennerin trotz ihrer Einfalt. Und dann ist sie abergläubisch, und irgendein Zeichen hat ihr gedeutet, daß Sie mir ein großes Glück bringen würden – ich Ihnen übrigens auch. Sie ist mir treu ergeben, meine gute Natascha. Wer mir Gutes tut, tut es auch ihr.«

»Dann wünsche ich von Herzen, daß Nataschas Zeichen recht behält. Wie gern würde ich Ihnen Glück bringen, gnädige Frau!«

»Mein liebes Kind, Glück gibt es nicht für mich einsame, verbitterte alte Frau. – Jetzt wird es aber kühl, und ich denke, wir machen eine kleine Promenade über das Deck.«

Daniela half der alten Dame, diese stützte sich auf ihren Arm und ließ sich von ihr führen. Dann standen beide an der Reling.

Und da sprach Frau Lentikoff wieder von ihrem Sohn, wie lieb und gut er gewesen und wie stolz sie auf ihn gewesen sei.

Daniela lauschte teilnahmsvoll, und das tat der unglücklichen Mutter wohl.

Als dann die Sonne ins Meer sank, begaben sich die beiden Damen in ihre Kabinen, um sich für die Abendtafel umzukleiden.

Natascha stand wartend an der Tür zur Kabine ihrer Herrin.

»Haben Sie schon alles bereit, Natascha?« fragte Daniela die Dienerin in russischer Sprache.

Natascha staunte erst betroffen, aber dann flog ein Leuchten über ihr breitknochiges Gesicht, und ihre sanften, dunklen Augen strahlten. »Oh, Sie sprechen meine Muttersprache, Fräulein Daniela?«

»Ja, Natascha; zwar nicht gut, aber doch so, daß wir miteinander reden können.«

»Hast du es gehört, Mütterchen? Fräulein Daniela spricht russisch!«

»Ich habe mir gedacht, daß dir das Freude machen wird, Natascha. Du wirst nun jemand haben, mit dem du dich unterhalten kannst, ohne dich mit der deutschen Sprache abzuquälen, die dir doch niemals eingehen wird.«

»Deutsch ist so schwer, Mütterchen. Russisch ist leichter.«

Daniela mußte über diese Naivität lachen, aber die alte Dame sagte freundlich: »Natascha, alles, was man kann, ist leicht, und was man nicht kann, schwer.«

»Ich werde ihr nun erzählen können, wie schön es daheim war und alles, was in meinem Herzen lebt. Nicht wahr, Mütterchen, mit ihr kann ich von allem sprechen?«

»Ja, ja, das kannst du tun.«

Daniela hatte sich ebenfalls in ihre Kabine zurückgezogen, um sich umzukleiden. Als sie dann Frau Lentikoff abholte, sah diese sie prüfend an und nickte zufrieden.

Im Speisesaal des Dampfers erregten beide Damen Aufsehen, die vornehme weißhaarige alte Dame und das schöne Mädchen. Dieser oder jener machte einen schüchternen Versuch, eine Bekanntschaft anzuknüpfen, aber an Frau Lentikoffs zurückhaltender Art scheiterten diese Versuche vollständig, und auch Danielas Reserve ermutigte nicht zu einer Annäherung.

IV

In London angekommen, begaben sie sich in ein Hotel, in dem Frau Lentikoff schon bekannt war und sehr zuvorkommend bedient wurde. Aber sie hielt sich hier nur zwei Tage mit ihrer Begleitung auf. Immerhin lernte Daniela auf einer Wagenrundfahrt das Interessanteste dieser Stadt kennen.

Daniela fand London sehr eindrucksvoll und imposant. Um es schön zu finden, störte sie das rauchgeschwärzte Äußere der Gebäude zu sehr. Die Riesenstadt machte fast einen atembeklemmenden Eindruck auf sie. Und sie bedauerte es nicht, daß die Reise nach Hedgehouse bald fortgesetzt wurde.

Als sie auf dem Cottage ankamen, sah Daniela entzückt die herrliche Umgebung. Hedgehouse lag zu Füßen eines bewaldeten Hügels, von dichten, blühenden Hecken umgeben, inmitten eines großen umzäunten Gartens. Das ganze Haus war mit roten Kletterrosen umwachsen. Diese zierlichen Blüten wucherten an den Holzveranden empor, die das Haus umgaben, und waren nur an Fenstern und Türen beschnitten, so daß die weißen Fensterrahmen freundlich hervorleuchteten.

»Wie schön, wie wunderschön!« rief Daniela entzückt, als der Wagen vor der idyllischen Besitzung hielt.

»Das fand ich auch, als ich vor einigen Jahren Hedgehouse zum erstenmal sah. Das Cottage stand damals gerade zum Verkauf, weil der frühere Besitzer zu seinen Kindern nach Amerika wollte. Und ich bildete mir ein, daß ich hier vielleicht Frieden finden könnte. Aber auch dies Idyll hat mich nicht lange festhalten können, wenn ich auch hier etwas länger als sonst Station mache. Immerhin können Sie auf eine Ruhepause von mehreren Wochen rechnen. Ich habe ein Reitpferd im Stall stehen und einen hübschen leichten Dogcart. Man kennt mich in der Gegend und nennt mich nur die verrückte Russin. Hoffentlich halten Sie es für einige Wochen aus in dieser Einsamkeit mit einer alten, verbitterten Frau.«

»Solange Sie wollen, gnädige Frau. Hedgehouse erscheint mir wie ein Paradies.«

»Nun, wir werden sehen, wie Sie in sechs Wochen darüber denken. An Dienerschaft fehlt es nicht. Ein altes englisches Ehepaar – er ist unser Kutscher, der uns von der Station abholte – und dessen Tochter. Sie halten in meiner Abwesenheit das Cottage in Ordnung, sorgen dafür, daß eine Kuh, Hühner und die nötigen Pferde im

Stall sind, ziehen im Garten Obst und Gemüse. Die Leute bewohnen das Souterrain im Haus. Sie sind sehr zufrieden mit ihrem Los.«

»Das glaube ich, sie können es auch sein.«

»Allerdings ist es etwas einsam. Aber wenn ich nicht hier bin, machen sie Besuche in der Nachbarschaft; sie kommen in einer Stunde bis zum nächsten Dorf und auch bis zur Station. Da finden sie überall Gesellschaft.«

Der Wagen hielt nun vor dem Haus, an dem rechts und links einige Stufen zur Veranda führten. Ein kleine rundliche Frau, die blitzsauber aussah und ein lachendes frisches Gesicht hatte, und ein junges Mädchen – das getreue verjüngte Abbild der Mutter – empfingen Frau Lentikoff an der Schwelle des Hauses und geleiteten sie unter lebhaften Begrüßungsworten in das Innere des Hauses.

Im ersten Stock umgab eine Galerie die große Halle, die durchgeführt war bis unter das mit dicken Glasscheiben gedeckte Dach des Hauses, durch welches das Licht ungehindert einströmen konnte. Von der Galerie aus führten Türen in die oberen Zimmer.

Frau Lentikoff wies Daniela zwei hübsche Zimmer an.

»Hier machen Sie es sich so behaglich, wie es möglich ist, Daniela. Die Tochter von Mister Gray wird Ihre Bedienung übernehmen. Sie ist ein williges, freundliches Ding und heißt Mary«, sagte sie, während Mary Gray dabeistand und lachend ihre weißen Zähne zeigte.

»Helfen Sie Fräulein Falkner die Koffer auspacken, Mary, und gehen Sie ihr zur Hand.«

Frau Lentikoff hatte sich mit Natascha in ihr Zimmer zurückgezogen, und kaum war sie mit ihr allein, als sie in einen Sessel sank und die Hand verlangend nach einer roten Juchtenledertasche ausstreckte, die Natascha während der Fahrt in den Händen gehalten hatte. Aus dieser

Tasche nahm die alte Dame, während ihr Natascha sorglich den Hut abnahm, das graue Samtetui, das den Reliquienschrein mit dem Bild ihres Sohnes enthielt. Den Schlüssel zu der Juchtentasche trug Frau Lentikoff stets an einer feinen goldenen Kette um den Hals.

Mit gleichsam schmeichelnden Händen hob die alte Dame den Reliquienschrein aus dem Etui und stellte ihn, die durchbrochenen goldenen Türen mit dem stilisierten Rosenmuster öffnend, auf ihren Nachttisch. Das war immer und überall sein Platz, denn es gab viele Nächte, auch jetzt noch, in denen diese arme Mutter keinen Schlaf fand und Trost für ihr Herzeleid suchte im Anblick des Bildes ihres Sohnes.

Erst nachdem Frau Lentikoff eine Weile in das Antlitz ihres Sohnes geschaut und dabei ein stilles Gebet für sein Seelenheil gesprochen hatte, erhob sie sich, um sich von Natascha umkleiden zu lassen.

Eine Stunde später saß sie mit Daniela unten in einem der reizenden, im englischen Landhausstil eingerichteten Räume, in den der übliche große Kamin eingebaut war.

Mistreß Gray hatte ein Holzfeuer angezündet, da die Abende noch kühl waren. Das flackernde Feuer erhöhte die Gemütlichkeit.

Daniela hielt Frau Lentikoff eine der ärmellosen Pelzjacken hin, die sie fast immer im Haus zu tragen pflegte. Die alte Dame nickte ihr zu.

»Ich danke Ihnen, Daniela, Sie merken sich alle meine kleinen Gewohnheiten. Sie wundern sich gewiß, daß ich so leicht fröstele. Wenn ich Sie in Ihrem leichten Kleidchen vor mir sehe, frage ich mich, ob es auch für mich einmal eine Zeit gegeben hat, wo ich so dünne Kleider tragen konnte.«

»Mir ist reichlich warm, gnädige Frau, zumal wenn ich das Feuer im Kamin sehe.«

Jetzt brachte Mary den Tee, und Daniela füllte die Tassen. Mrs. Gray hatte frische kleine Kuchen gebacken, Toastschnitten mit Butter und Honig auftragen lassen. Frau Lentikoff aß nur wenig, sah aber erfreut, daß Daniela mit dem guten Appetit gesunder Jugend zulangte. Dabei plauderte sie frisch und munter mit der alten Dame, denn sie hatte längst wahrgenommen, daß diese sich gern von ihren traurigen Gedanken ablenken ließ.

Nach dem Tee machten die Damen einen Spaziergang und kamen an eine Stelle, von der man einen schönen Ausblick auf ein großes, stolzes Schloß im Tudorstil hatte.

Frau Lentikoff erzählte, daß dieses Schloß einem altenglischen Adelsgeschlecht gehörte, das verarmt war und das Schloß gern verkauft hätte.

»Der letzte Erbe dieses Schlosses lebt in London in einer engen kleinen Mietwohnung und kann sich nicht jeden Tag ein warmes Mittagessen leisten«, sagte Frau Lentikoff.

Daniela sah sie betroffen an. »Und doch gehört ihm dieses Schloß?«

»Ja, die hohen Steuern haben ihn arm gemacht, und er wäre glücklich, wenn er einen Käufer dafür fände. Es ist schade um dies herrliche Bauwerk, es wird verfallen. Es ist hier nicht anders als in Deutschland, liebe Daniela: die alten vornehmen Familien verarmen, und die neuen Reichen kaufen ihre Besitzungen. Wenn ich irgendwo seßhaft werden könnte, so würde es mich reizen, dieses alte Schloß zu kaufen und darin meinen Kummer zu begraben.«

Daniela sah interessiert zu dem Schloß hinüber.

»Ob man es besichtigen darf?«

»Möchten Sie es tun?«

»Gern.«

»Dann lassen Sie sich an einem der nächsten Tage von Mr. Gray hinüberfahren.«

Daniela schüttelte den Kopf. »Ich möchte Sie nicht allein lassen, gnädige Frau. Ich habe der Frau Baronin versprochen, Sie so wenig wie möglich allein zu lassen.«

»Da wollen Sie also lieber auf das Vergnügen verzichten, das Schloß zu besichtigen, als mich allein zu lassen?«

»Ganz gewiß, gnädige Frau.«

Die alte Dame lächelte matt. »Dann müßte ich Sie also begleiten, um ihnen die Besichtigung des Schlosses zu ermöglichen, ohne Sie in einen Zwiespalt mit übernommenen Pflichten zu bringen.«

Auch Daniela lächelte. »Ja, gnädige Frau. Und ich würde mich sehr freuen, wenn Sie sich dazu entschließen würden; denn alles, was Sie zerstreut und ablenkt, ist gut und heilsam für Sie.«

»Meinen Sie?«

»Ganz gewiß.«

»Nun gut, ich sehe schon, Sie wollen eine sanfte Tyrannei auf mich ausüben.«

»Zu Ihrem Heil, gnädige Frau. Ich habe es mir fest vorgenommen, Sie ein wenig aufzuheitern.«

»Da haben Sie sich eine schwere Aufgabe gestellt, mein liebes Kind. Aber ich will jedenfalls mit Ihnen nach Castlereagh hinüberfahren. Ich gestehe, daß es mich auch interessieren wird, mir das Gebäude anzusehen.«

»Das freut mich herzlich und nicht nur, weil ich nun das Schloß zu sehen bekomme. Es muß herrliche Räume enthalten.«

»Versprechen Sie sich von dem Innern von Castlereagh nicht zu viel. Ich glaube, von der Innenausstattung ist nicht viel übriggeblieben.«

Frau Lentikoff begleitete Daniela wirklich an einem der nächsten Tage nach Castlereagh. Ein alter Kastellan, der in einem Pförtnerhäuschen am Eingang des Parkes wohnte, führte sie in dem Schloß herum. Es war unbewohnt und wirklich fast leer. Aber der weißhaarige Kastellan erzählte mit zitternder Stimme von den Glanzzeiten von Castlereagh. Er hatte in seinen Kinderjahren noch einen Abglanz davon erlebt. Seine Erzählungen belebten die weiten Säle, die Hallen und Gemächer. Könige waren hier bewirtet worden. Und Danielas Phantasie schuf herrliche Bilder. Aber der Verfall einstiger Herrlichkeit war traurig. Kostbare Tapeten hingen in Fetzen von den Wänden, dichter Staub lagerte auf den noch wunderschönen Fußböden, und die Fensterscheiben waren blind von Spinnweben – es war, als glitten schattenhafte Gestalten trauernd durch die Räume.

Frau Lentikoff fröstelte und drängte ins Freie, Daniela folgte ihr. Der Kastellan schloß sorglich das Portal ab, als hätte er Schätze zu hüten. Er bedankte sich freudig erregt für das reichliche Trinkgeld, das Frau Lentikoff ihm reichte, und ging in seine Pförtnerwohnung zurück.

Frau Lentikoff seufzte tief auf.

»Hätte ich geahnt, wie deprimierend der Anblick dieses Schlosses auf Sie wirkt, hätte ich lieber darauf verzichtet, es anzusehen«, meinte Daniela betroffen. Doch die alte Dame winkte ab. »Lassen Sie es sich nicht leid sein. Ich suche nur aus dem Verfall dieses Schlosses etwas Trost. Denken Sie, wenn mein Sohn noch lebte, und der Krieg hätte unsere Güter zerstört, unser Vermögen entwertet, so stände er heute als Bettler vor den Trümmern seines Besitzes und müßte unter den veränderten Verhältnissen leiden. Erwäge ich das, dann kommt beinahe etwas wie Ruhe über mich bei dem Gedanken, daß ihm dergleichen erspart blieb.«

»Gewährt dieser Gedanke Ihnen Trost, so will ich ihn nicht verscheuchen.«

Die Gräfin sah mit trüben Augen empor. »Ich hätte

mich vielleicht abgefunden mit meinem Leid, wenn ich Dimitri nur in geweihter Erde begraben wüßte. Es ist furchtbar, immer wieder daran denken zu müssen, daß man ihm kein ehrliches Grab bereitet hat.«

Eine verzweifelte Klage lag in diesen Worten.

»Liebe gnädige Frau, quälen Sie sich doch nicht mit diesen Vorstellungen! Versuchen Sie, daran zu glauben, daß eine mitleidige Seele Ihrem teuren Verlorenen ein christliches Grab bereitet hat. Sicherlich ist das geschehen. Er starb in der Nähe der Herberge, wo er die Nacht vor seiner Flucht verbrachte. In dieser Herberge wohnten doch gewiß Menschen. Sie gingen vielleicht, um Ihren Sohn zu suchen, nachdem die Deportierten mit ihren Aufsehern weitergezogen waren, und haben ihn begraben.«

»Sie sind lieb, Sie wollen mich trösten. Aber selbst dieser vage Trost ist mir versagt. Jener Mann aus Sibirien, der mir die Kunde brachte, wie mein Sohn gestorben war, sagte mir auf meine Frage, ob nicht eine mildtätige Seele meinem Sohn ein Grab geschaufelt habe, er glaube es nicht. Die Herberge, wo sie übernachteten, war eine elende, sonst von keinem Menschen bewohnte Baracke. Nur wenn ein Gefangenentransport vorüberzog, wurde sie als Nachtlager benutzt. Möglich, daß irgendwo in der Gegend eine einsame Hütte gewesen ist. In solchen waren Deportierte mit leichteren Strafen untergebracht, die dazu angestellt waren, das Land urbar zu machen.«

»Es wäre barmherziger gewesen, wenn jener Mann Ihnen durch diese Enthüllungen nicht jeden Trost genommen hätte.«

»Ich ließ ihn, bevor er mir berichtete, einen Schwur auf das Sakrament ablegen, daß er mir die reine Wahrheit sagen würde. Ich sehe meinen Sohn nicht als einen friedvollen Toten vor mir, sondern als einen ruhelosen

Geist, der nirgends Frieden findet. Das treibt auch mich umher ohne Ruhe und Rast. Und es ist seltsam: ich sehe ihn nicht mehr als den strahlenden Jüngling, wie ich ihn zuletzt gesehen, sondern als einen leidgereiften Mann, der schwere Schicksale seither getragen hat.«

Ein Schluchzen erschütterte die alte Dame. Von Mitleid überwältigt legte Daniela ihr den Arm um die Schultern. »Ich bin sehr traurig, daß ich Ihnen keinen Trost geben kann, aber mein Herz fühlt mit Ihnen, liebe teure gnädige Frau«, sagte sie.

Frau Lentikoff richtete sich auf und lehnte müde den Kopf an die Schulter des jungen Mädchens.

»Haben Sie Dank, mein liebes Kind, daß Sie mit mir fühlen. Ich merke es Ihnen an, daß Ihre Teilnahme echt ist. Seit Jahren habe ich zu niemandem von meinem Leid zu reden vermocht, außer zu Natascha und zu meiner Freundin Berken. Diese beiden treuen Menschen suchen mich jedoch immer ängstlich abzulenken, wenn ich mit ihnen davon sprechen will, was meine Seele bedrückt. Aber ich empfinde es in dieser Stunde als eine Wohltat, daß ich meine Schmerzen in Worte fassen kann. Haben Sie Dank für diese Wohltat, liebes Kind!«

»Danken Sie mir nicht, gnädige Frau. Ich bin stolz und glücklich, wenn ich Ihnen eine kleine Vergeltung für alle Ihre Güte erweisen konnte. Und wenn Ihnen das Aussprechen Ihres Leides Erleichterung bringt, ich werde Ihnen immer voll Teilnahme zuhören.«

Seufzend richtete sich die alte Dame auf. »Ich weiß nun, daß ich es tun kann, wenn es mich dazu drängt. Wenn wir heimkommen nach Hedgehouse, will ich Ihnen das Bild meines Sohnes zeigen. Sie werden dann ermessen können, wie unglücklich ich bin, daß ich einen solchen Sohn verlieren mußte. Und Sie werden zuweilen für sein Seelenheil beten.«

Daniela drückte ihre Hände an das Herz. »So innig ich

zu beten vermag, teure gnädige Frau, darauf gebe ich Ihnen mein Wort.«

»Ich danke Ihnen. Aber nun wollen wir nicht länger hier stehen vor diesem verfallenen Schloß.«

Sorglich führte Daniela die alte Dame zu dem wartenden Wagen. Mr. Gray war ein wenig eingenickt in der verträumten Stille dieses Erdenfleckens. Nun sprang er vom Bock herunter, um den Damen beim Einsteigen zu helfen.

Schweigend saßen sie auf der Rückfahrt nebeneinander. Frau Lentikoff hielt die Hand Danielas in der ihren, als brauche sie einen Halt, an den sie sich klammern konnte. Und aus der schlanken Mädchenhand strömte es wie wärmendes Leben zu ihr herüber.

Im Cottage angekommen, suchte Frau Lentikoff sogleich ihr Schlafzimmer auf und bat Daniela, im Wohnzimmer auf sie zu warten.

Als sie im Wohnzimmer erschien, hielt sie den Reliquienschrein in den Händen.

»Sehen Sie, liebes Kind, von allen Schätzen, die ich besitze, ist mir nur dieser eine unersetzlich. Dieser Reliquienschrein an sich stellt nicht den eigentlichen Wert dar, obwohl er ziemlich kostbar ist, aber er enthält das einzige Bild, das ich von meinem Sohn besitze, und ich gäbe deshalb all meinen übrigen Besitz, sogar mein Leben dafür hin.«

Daniela betrachtete den Reliquienschrein, den sie schon auf dem Nachttisch der alten Dame hatte stehen sehen. »Es ist eine wundervolle Goldschmiedearbeit.«

Langsam schlug Frau Lentikoff die beiden goldenen Türen zurück, so daß das Heiligenbild sichtbar wurde, und zeigte Daniela den Mechanismus. Sie drückte den etwa erbsengroßen Rubin tief in die goldene Rosette, die ihn umschloß, und ließ so das Heiligenbild verschwinden, worauf die Miniatur zum Vorschein kam.

»Sehen Sie, Daniela, das ist mein Sohn. Ihre Blicke sollen auf seinem geliebten Antlitz ruhen, denn Sie sind gut und voll echter Teilnahme.«

Daniela sah lange in das edle Gesicht des jungen Grafen Smolenski. Ihr war, als lebten diese frohen, stahlblauen Augen in dem vornehmen, sympathischen Gesicht.

Es übte einen eigenartigen Zauber auf sie aus, fast ohne es zu wollen, sagte sie ergriffen: »Dieser Sohn kann Ihnen nie, niemals sterben, gnädige Frau. Seine Augen blicken so lebendig aus dem Bild, und der Mund scheint zu sprechen: Ich lebe!«

Frau Lentikoff legte das Bild mit einer schmeichelnden Bewegung an ihre Wange. »Nun können Sie verstehen, was ich verloren habe.«

»Arme Mutter!« sagte Daniela tiefbewegt. Tränen stiegen in ihre Augen.

Mit brennenden Augen, fast neiderfüllt, sah Frau Lentikoff nun Daniela an. »Wenn ich weinen könnte wie Sie! Ich habe noch keine Träne vergießen können, seit mir mein Sohn genommen, auf eine so grausame, barbarische Weise genommen wurde.«

Daniela suchte sie zu beruhigen. Sie bat, noch einmal das Bild des jungen Grafen sehen zu dürfen, und betrachtete es lange. Es prägte sich in ihr dabei so fest ein, daß sie es in diesen Tagen immer ganz deutlich vor sich sah.

»Sie wissen, daß Natascha, wenn wir reisen, einen kleinen roten Juchtenkoffer trägt. Dieser kleine Koffer birgt den Schrein. Ich wage ihn in keinen der großen Koffer zu packen, aus Angst, er könnte verlorengehen. Habe ich doch sonst alle Familienbilder, auch die meines Sohnes, eingebüßt. Aber Natascha wird alt, ist zuweilen ein wenig vergeßlich, und ich fürchte immer, sie könnte den Koffer einmal aus der Hand lassen oder man könnte ihr ihn entreißen. Diese Angst macht mich oft sehr nervös. Und da Sie nun wissen, was dieser kleine Juchtenkoffer birgt, werde ich ihn Ihnen fortan auf unseren Reisen anvertrauen. Sie werden nicht vergessen, daß er mein höchstes Gut enthält?«

»Das werde ich gewiß nicht, ich werde ihn wie meinen Augapfel hüten, gnädige Frau.«

Die alte Dame nickte ihr zu. »Ich bin müde geworden von der Ausfahrt.«

»Dann werde ich die Zeit benutzen, um an meinen Bruder zu schreiben.«

Die alte Dame erhob sich, nahm den Reliquienschrein an sich und verließ das Zimmer.

Daniela sah ihr reglos nach und dachte an das Schicksal des jungen Grafen Smolenski. Wie bitter mußte es für ihn gewesen sein, wie ein gemeiner Verbrecher deportiert zu werden! Seine Mutter hatte in heiliger Überzeugung gesagt: »Er ist unschuldig gestorben.« Er sah auch gewiß nicht aus wie ein Verschwörer, wie ein Mensch, der heimlich konspiriert und nach dem Leben eines Menschen trachtet. Seine Augen blickten klar, offen und ohne Falsch. Mit solchen Augen pflegen Fürstenmörder nicht zu blicken. Sicher hatte man ihn verleumdet, und ein Wort genügt, um ihn verdächtig zu machen.

Daniela schauerte zusammen. Es ging ihr wie der armen Mutter: Sie sah den jungen Mann lang ausgestreckt auf einem endlosen Schneefeld liegen, sah den Schnee von seinem Blut gerötet und die gierigen Wölfe die Leiche umkreisen.

Sie sprang auf, wie von Entsetzen gepackt. Arme Mutter! Arme, arme Mutter! dachte sie voll Erbarmen. Der brennende Wunsch, dieser Ärmsten ein Trost sein zu dürfen, erfüllte ihre Seele.

Langsam ging sie hinauf in ihr Zimmer, um ihrem

Bruder wieder einmal einen ausführlichen Brief zu schreiben.

V

Diesen Brief seiner Schwester hatte Busso Falkner erhalten. Sie schrieb ihm, daß sie sich in ihrer Stellung sehr wohl fühle, ihre Herrin gütig und vornehm sei, aber durch ein schweres Schicksal zu Boden gedrückt. Sie halte es für ihre Pflicht, die alte Dame aufzuheitern und abzulenken.

Nur über den wirklichen Stand und Namen ihrer Herrin und was sie über deren Schicksal wußte, schrieb sie nichts. Das war ein ihr anvertrautes Geheimnis.

Busso war durch diesen Brief über das Ergehen seiner Schwester beruhigt worden. Er wußte sie vorläufig in guter Hut. Inzwischen hatte sich sein eigenes Los auch zum Besseren gewendet. Er hatte ein Schreiben von seinem früheren Professor bekommen, dem er einen Bericht über seine Erfindung gesandt hatte. Der Professor teilte ihm mit, daß in Deutschland ein Aktienunternehmen gegründet worden sei, das die Fabrikation landwirtschaftlicher Maschinen plane. Busso hatte Professor Selle auch geschrieben, er hoffe, seine Erfindung für Deutschland nutzbar zu machen, sobald sich ihm eine Gelegenheit dazu bieten würde. Daß seine Erfindung von Wichtigkeit für die Landwirtschaft sein würde, konnte Busso sich selbst sagen, aber es freute ihn sehr, daß sein Professor ihm das bestätigte.

Professor Selle war ein Freund seiner verstorbenen Eltern, der ihm väterliche Freundschaft entgegenbrachte.

Er gab Busso den Rat, sich sofort mit der Firma in Verbindung zu setzen. Er werde dann zur rechten Zeit mit dem Direktor der Gesellschaft in Bussos Interesse reden.

Busso Falkner ließ sich das nicht zweimal sagen. Er hatte sofort ein Schreiben an die Gesellschaft abgeschickt.

Mit seinem Freund Stefan besprach er diese Angelegenheit. »Wenn die Sache glückt, Stefan, dann komme ich ein gutes Stück vorwärts. Ich hoffe, es springt für uns beide ein gutes Engagement heraus; denn Professor Selle teilte mir mit, daß dies neue Unternehmen tüchtige Ingenieure sucht. Ich habe gleich für dich und mich angefragt. Es ist sehr günstig, daß mein Vertrag hier in Kürze abläuft und noch nicht verlängert ist. Du bist überhaupt nicht fest gebunden, also könnten wir jederzeit hineinspringen in die neue Existenz.«

Stefan Kolniko sah ihn mit ernsten Augen an.

»Ich will dir wünschen, daß deine Erfindung dir großen Erfolg bringt, Busso. Ich zweifle nicht daran. Dann ist dir natürlich auch ein Engagement sicher. Ob ich engagiert werde, ist zweifelhaft; aber ich gehe trotzdem mit dir. Der Gedanke, ohne dich zurückzubleiben, ist mir unerträglich. Ich würde in die quälende Einsamkeit verfallen, die mich all die Jahre, ehe ich dich fand, gepeinigt hat. Für die erste Zeit reichen meine Ersparnisse aus, und dann wird sich schon auch für mich etwas finden.«

»Selbstverständlich gehen wir zusammen, Stefan. Ich bin sicher, daß wir beide bei diesem Unternehmen Anstellung finden. Landwirtschaftliche Maschinen sind ja für uns der Brennpunkt des Interesses, und für dieses Fach finden sie nicht leicht wieder zwei so tüchtige Kräfte, wie wir es sind. Das können wir ohne Überheblichkeit sagen.«

»Ich bin sehr gespannt, was du für eine Nachricht bekommst.«

»Ich natürlich auch. Wenn wir nun wirklich engagiert werden, dann tut es mir nur leid, daß meine Schwester vielleicht in ihrer neuen Stellung auf Reisen ist.«

»Hattest du nicht heute eine Nachricht von deiner Schwester?«

»Sie schreibt mir, daß es ihr gutgeht. Ihre neue Herrin ist eine gütige Frau und ihre Stellung sehr angenehm.«

»Und wo ist sie jetzt?«

»In England, in der Grafschaft Kent. Hedgehouse heißt das Cottage. Daniela ist entzückt über dieses Cottage. Du kannst übrigens ihren Brief lesen, wenn du willst, er enthält keine Geheimnisse.«

»Du weißt, daß mich alles sehr interessiert, was deine Schwester angeht, fast so, als ob es meine eigene Schwester wäre.«

Busso reichte ihm den Brief. Und als ihn Stefan gelesen hatte, sagte Busso:

»Solange ich selbst ihr kein annehmbares Heim schaffen kann, muß ich sie in ihrer Stellung lassen. Aber ich hoffe, daß es nicht mehr allzulange dauern wird. Wenn meine Erfindung mir den erhofften Erfolg bringt, werde ich für meine Schwester sorgen können.«

»Dann wollen wir doppelt wünschen, daß der Erfolg kommt.«

Endlich traf ein Brief ein, und das Kuvert zeigte den Firmenaufdruck der neuen Aktiengesellschaft.

Die Direktion dieser Gesellschaft teilte Busso mit, daß Professor Selle ihn sehr empfohlen habe und daß man gewillt sei, ihn zu engagieren. Da er seinen Freund Stefan Kolniko so warm empfehle, wolle man auch mit diesem in Verhandlung treten. An seiner Erfindung sei man sehr interessiert, und es sei das beste, das Nähere darüber persönlich zu besprechen.

Es wurden danach noch einige Briefe zwischen der Firma und den Freunden gewechselt. Professor Selle schrieb noch einmal an Busso. Er habe selbst mit Direktor Herder in seiner Angelegenheit verhandelt. Dieser sei der Hauptaktionär des Unternehmens und ein äußerst tüchtiger Geschäftsmann. Ein Emporkömmling, aber nicht unangenehm wie die meisten dieser Leute. Er verdanke seinen Reichtum hauptsächlich seiner enormen Tüchtigkeit und stehe dem ganzen großen Unternehmen mit einem beinahe genialen Dispositionstalent vor; nur mit der gesellschaftlichen Bildung hapere es bei ihm ein wenig. Hauptsache sei aber, daß das Unternehmen tadellos sicher fundiert sei und Bussos Erfindung hier unbedingt am lukrativsten ausgenützt werden könne. Jedenfalls rate er, mit beiden Händen zuzugreifen, da Busso eine ähnlich günstige Gelegenheit schwerlich wieder geboten würde.

Als alles geordnet war, schrieb Busso sofort einen Brief an seine Schwester, in dem er ihr ausführlich mitteilte, was er erreicht hatte.

»Es wird nun nicht mehr lange dauern, bis ich in der Lage bin, für dich zu sorgen. Und so können wir uns jedenfalls in absehbarer Zeit auf ein Wiedersehen freuen.«

Als Busso den Brief an seine Schwester beendet hatte, legte er ihn auf den Tisch im Wohnzimmer. Dann rief er seinen Freund, der sich im Nebenzimmer befand.

»Ich bin fertig mit meinem Brief, wir können aufbrechen.«

»Hast du einen Gruß von mir an deine Schwester bestellt?«

»Habe ich.«

Stefan war an den Tisch getreten, auf dem der Brief lag. Unwillkürlich las er die Adresse: »Fräulein Daniela Falkner, per Adresse Frau Lentikoff, Hedgehouse, Grafschaft Kent, England.«

Bei dem Namen Lentikoff stutzte er. »Lentikoff? Dieser Name ist nicht selten in Rußland. Und du sagtest mir doch, daß die neue Herrin deiner Schwester eine Russin sei.«

»Von Geburt ist sie eine Deutsche, sie war mit einem Russen verheiratet. Das hast du ja in Danielas Briefen gelesen. Warum interessiert dich der Name?«

»Ach, er weckt eine Erinnerung in mir. Du weißt ja, alles, was mit Rußland zusammenhängt, tut mir weh.«

»Nicht mehr daran denken, Stefan – die Vergangenheit muß für dich begraben sein.«

»Ja, Busso – die Zukunft gehört mir, weil ich sie mir selbst schaffen kann. Nun komm, es ist Zeit, daß wir ins Büro kommen.«

Die Freunde verließen ihre Wohnung. Man konnte es den Stockholmer Mädchen und Frauen nicht verdenken, daß sie auf die beiden Männer schauten. Jedes Frauenauge mußte mit Wohlgefallen auf ihnen ruhen.

VI

Daniela erhielt den Brief ihres Brudes, in dem er ihr mitteilte, daß er und sein Freund in den nächsten Tagen nach Deutschland gehen würden, noch in Hedgehouse.

So sehr sie sich nach einem Wiedersehen mit dem Bruder sehnte, sagte sie sich doch, daß sie es nicht übers Herz bringen würde, sich von Frau Lentikoff zu trennen.

Diese wollte sich mit ihrer Begleitung zunächst einige Wochen in einem englischen Seebad aufhalten. Sie entschied sich für Brighton, das die Perle der englischen Riviera genannt wurde. »In kleinen Bädern wird man viel mehr von der Neugier belästigt«, sagte sie zu Daniela. Von Brighton aus plante Frau Lentikoff nach Paris zu gehen. Einen Teil des Winters wollte sie dann in ihrer Villa am Comer See verbringen.

Daniela war jung, und es lockte sie, etwas von der Welt zu sehen. Sie gab ihrer Freude offen Ausdruck, so daß Frau Lentikoff ein wenig lächeln mußte.

»Ich hoffe, daß Ihre Aufnahmefähigkeit auch mir einigen Genuß an der Reise verschafft. Es wird mich freuen, Ihnen Neues zeigen zu können. Bisher habe ich mit Natascha allein diese Orte aufsuchen müssen, und wir alten Frauen haben uns nicht mehr an ihnen gefreut. Nun sollen Sie uns durch Ihre Freude ein wenig aufmuntern.« Frau Lentikoff seufzte. »Liebes Kind, ich muß doch etwas tun, um Sie für alle meine bösen Grillen zu entschädigen, die Sie so geduldig und tapfer über sich ergehen lassen.«

»Ich habe wohl oft gespürt daß Sie traurig sind und verzweifelte Stunden hatten; aber von bösen Grillen habe ich nichts bei Ihnen bemerkt.«

Es war ein schönes, erhebendes Gefühl, daß sie dieser armen, unglücklichen Mutter etwas sein konnte. »Ich denke auch nicht daran, von Ihnen fortzugehen, gnädige Frau, wenn Sie mich nicht fortschicken«, fuhr sie fort.

»Das wird wohl nie geschehen, liebes Kind«, antwortete die alte Dame überzeugt.

Daniela hatte sich nach diesem Gespräch auf ihr Zimmer zurückgezogen und las den Brief ihres Bruders noch einmal durch. Sie freute sich über seinen Erfolg und bedauerte natürlich, jetzt nicht in Berlin sein zu können. Aber sie fühlte sich in ihrer Stellung wohl und war fest entschlossen, ihrem Bruder nicht zur Last zu fallen, solange sie selbst für sich sorgen konnte.

Lächelnd sah sie auf den Schluß des Briefes herab. Busso schrieb: »Ich darf nicht vergessen, Dir von Stefan Kolniko einen ergebenen Gruß zu bestellen. Er freut sich sehr, daß Du seine Grüße erwiderst. Stefan ist mir ein so lieber, treuer Freund geworden, daß auch Du ihn ein wenig in Dein Herz schließen mußt. Schade, daß Ihr beide Euch nicht persönlich kennt, Ihr würdet ganz bestimmt harmonieren.«

Busso hatte Daniela so viel Liebes und Gutes über Stefan Kolniko berichtet, daß sie nicht anders konnte, als ein starkes Interesse für ihn zu empfinden.

Sie beantwortete den Brief ihres Bruders, noch ehe sie Hedgehouse verließ, und schrieb unter anderem:

»Ich erwidere den Gruß des Herrn Kolniko in gleich herzlicher Weise. Du und er seid beide in meinen Gedanken so innig verbunden, daß ich an den einen nicht denken kann, ohne mich auch des anderen zu erinnern. Ich danke ihm von Herzen, daß er Dir ein treuer Freund ist und Dir geholfen hat, das Leben wieder liebzugewinnen. Denn als Du damals aus Rußland heimkehrtest, warst Du ein sehr verbitterter Mensch geworden. Es war ja verständlich nach allem, was Du erlebt hattest. Nun sehe ich aus Deinen Briefen mehr und mehr den alten munteren Busso herausleuchten, der früher zu Hause immer dafür sorgte, daß der Humor nicht ausging.

Du schriebst mir, daß Dein Freund Stefan auch viel Schweres erduldet hat und ein sehr ernster Mensch sei. Vielleicht hat aber gerade das Deinen Frohsinn wieder geweckt; denn das sehe ich hier an mir selbst: Wenn man einen Traurigen aufheitern soll, gibt man sich Mühe, selbst heiter zu sein.

Jedenfalls scheint Ihr beide euch gut zu ergänzen, und so wird einer dem anderen helfen und des anderen

Freude mitempfinden. Ich freue mich sehr, daß Stefan Kolniko Dich auch nach Berlin begleitet, und wünsche Euch beiden gute berufliche Erfolge.«

Wenige Tage später verließ Frau Lentikoff mit ihrer Begleitung Hedgehouse und reiste nach Brighton.

Daniela blühte zusehends auf unter dem erfrischenden Einfluß der Seebäder und des sorglosen Lebens, das sie jetzt führte. Sie war schöner denn je, und die Männer sahen bewundernd hinter ihr her, wenn sie mit Frau Lentikoff auf der Hotelterrasse und im Speisesaal erschien.

Sonst hielten sich die beiden Damen, wie immer, sehr reserviert. Frau Lentikoff machte nie neue Bekanntschaften. Sie mied die Menschen nicht gerade, aber sie kam ihnen nicht näher, als es unbedingt nötig war.

Einmal ging Frau Lentikoff mit Daniela zu einem der Symphoniekonzerte, die im »Dome« abgehalten wurden. Sie wollte Daniela den Genuß der Musik verschaffen, aber sie hielt es nicht einmal bis zum Ende des ersten Teiles aus. Die Musik legte sich ihr bedrückend aufs Gemüt, und sie mußte aufbrechen.

»Fühlen Sie sich nicht wohl, gnädige Frau?« fragte Daniela besorgt.

»Ich kann Musik nicht ertragen, Daniela. Es tut mir leid, daß ich Sie stören mußte. Aber Sie wären ja doch nicht ohne mich geblieben.«

»Ganz gewiß nicht, gnädige Frau. Und Sie sollen sich meinetwegen nicht solche Qualen auferlegen. Kommen Sie, wir machen noch einen kleinen Spaziergang auf der Promenade, dann werden Sie wieder ruhiger. Ich glaube, unten am Strand sind wir jetzt mit dem Mond und dem lieben Gott allein.«

»Ich habe dann aber zur Gesellschaft noch eine hübsche liebenswürdige junge Dame, während Sie sich mit der einer griesgrämigen alten Frau begnügen müssen.«

»Oh, die griesgrämige alte Frau ist eine bedeutend geistvollere und interessantere Gesellschaft als die besagte junge Dame. Also bin ich im Vorteil.«

»Ich streite nicht mit Ihnen, liebes Kind.«

So vergingen einige Wochen angenehm für Daniela. Dann aber kam schlechtes Wetter, und Frau Lentikoff fror zum Erbarmen. Kurz entschlossen brach sie auf nach Paris.

Daniela trug jetzt immer den kleinen roten Juchtenkoffer, wenn Sie reisten. Sie hütete ihn wirklich wie ihren Augapfel. Auch führte sie jetzt überall die Verhandlungen mit Hoteliers, Gepäckträgern und Personal. Das war Frau Lentikoff eine Wohltat, sie gab Daniela nur ihre Weisungen.

In Paris nahmen sie Wohnung im Regina-Palasthotel. Wie überall wurden sie aufmerksam bedient und erhielten sehr schöne Zimmer.

Daniela lernte Paris in den nächsten Tagen gut kennen, sie machte mit Frau Lentikoff Fahrten durch die Stadt und durch den Bois de Boulogne.

Inzwischen begann es herbstlich zu werden, die Bäume färbten sich. Das schlechte Wetter wirkte sich sehr ungünstig auf Frau Lentikoff aus. Sie wurde reizbar und nervös, und obwohl sie sich selbst deswegen Vorwürfe machte, hatte Daniela in diesen Tagen kein leichtes Leben.

Dazu kam noch, daß Frau Lentikoff sich eine Erkältung zugezogen hatte, in der Nacht ziemlich hohes Fieber bekam und das Bett hüten mußte.

Am Morgen dieses Tages war von der Baronin Berken ein Brief an Frau Lentikoff gekommen. In diesem Schreiben teilte die Baronin ihrer Freundin mit, daß sie nun in die zweite Etage ihrer Villa umgezogen sei und sich schlecht und recht den neuen Verhältnissen anzupassen suche. Sie hoffe, sich in ihr Schicksal zu finden. Sie schrieb dann weiter:

»Nun, ich will Dich mit meinen Klagen verschonen, meine liebe Katharina. Man soll tragen, was nicht zu ändern ist, und für gewöhnlich bin ich auch nicht so verzagt wie heute. Aber ich fühle mich seit einigen Tagen gar nicht wohl und fürchte, daß ich heute den Arzt kommen lassen muß. Jedenfalls wollte ich Dir noch Nachricht geben, ehe mich der Arzt vielleicht ins Bett steckt, was mir gerade noch fehlen könnte. Sobald es mir wieder besser geht, erhältst Du Nachricht.«

Dieser Brief war nicht dazu angetan, Frau Lentikoff aufzuheitern. »Wäre ich gesund, dann führen wir sofort nach Berlin, Daniela. Ich habe eine so große Dankesschuld an meine Freundin abzutragen, daß es mich drängt, bei ihr zu sein, wenn sie krank ist. Sobald ich aufstehen kann, reisen wir zu ihr.«

Aber – es sollte anders kommen. Zwei Tage nach diesem Brief kam ein Telegramm von Christine:

»Frau Baronin diese Nacht verschieden. Lungenentzündung. Brief unterwegs. Christine.«

Das war ein harter Schlag für Frau Lentikoff. Trotz ihres hohen Fiebers wollte sie sofort abreisen, aber der Arzt verbot ihr das Aufstehen. Es war nicht daran zu denken, daß sie fahren konnte.

Daniela, die nicht weniger erschüttert war, schrieb sofort einen ausführlichen Brief an Christine und teilte mit, daß Frau Lentikoff selbst krank zu Bett liege. Sie gab Christine Ratschläge, was zu tun sei, und verwies sie an den Vetter der Baronin Berken, der in Hannover lebte. Freiherr von Kaltenbach war aber schon von Christine benachrichtigt worden und sofort nach Berlin gereist, um die Bestattung seiner Base anzuordnen. Und nach einigen Tagen traf von ihm ein Brief an Frau Lentikoff ein.

»Hochverehrte gnädige Frau! Sie haben durch Christine telegrafisch Kunde von dem Ableben meiner Base erhalten. Christine hatte auch den guten Willen, Ihnen alles Nähere mitzuteilen. Aber ich sah, welchen verzweifelten Kampf sie mit Feder und Papier führte, und nahm ihr deshalb die Arbeit der Berichterstattung an Sie ab.

Meine Base ist nach kurzem Krankenlager einer Lungenentzündung erlegen. Eine rapide Herzschwäche führte den Tod herbei. Sie hat noch in ihrer letzten Stunde von Ihnen gesprochen. Ein guter, edler Mensch ist mit ihr gestorben, das werden Sie so gut wissen wie ich. Die besten Lebensjahre dieser Frau waren vergällt durch den Krieg und seine für uns alle so bösen Folgen.

Sie ist an der Seite ihres Gatten bestattet worden. Die Eröffnung ihres Testaments erfolgte nach ihrer Beerdigung. Ihr Vermögen, nach Abzug eines kleinen Legats an Christine, ist mir, ihrem einzigen Verwandten, zugefallen. Für Christine ist außerdem die Einrichtung der kleinen Wohnung bestimmt, die meine Base zuletzt bewohnte. Damit soll es Christine ermöglicht werden, sich etwas zu verdienen, da das kleine Legat nur einen Notgroschen bedeutet. Christine wird versuchen, ob sie Zimmer möbliert vermieten kann. Vorläufig kann sie in der Wohnung meiner Base bleiben, die für ein Jahr bezahlt ist. Außerdem habe ich Christine ein volles Jahresgehalt ausbezahlt. Sie war meiner Base treu ergeben, und ich betrachte es als Ehrenpflicht, ihr zu helfen; falls sie in Not kommt, soll sie es mich wissen lassen.

Des weiteren war in dem Testament meiner Base bestimmt, daß Ihnen als Andenken an sie ein Ring gesandt werden soll, den die Verstorbene fast täglich getragen hat. Es ist ein Ring mit einer großen Perle, der von Brillanten eingefaßt ist, und dieser Ring ist das einzige Schmuckstück von Wert, das meine Base gerettet hatte, da sie allen übrigen Schmuck verkauft hat, um ihr Einkommen zu verbessern. Ich sende diesen Ring als

Wertpäckchen an Sie ab und entledige mich somit einer Ehrenpflicht.

Ihr ergebener Friedrich von Kaltenbach.«

Frau Lentikoff hatte sich diesen Brief von Daniela vorlesen lassen. Endlich seufzte sie: »Nun habe ich fast nichts mehr zu verlieren, Daniela; ich bin ihr viel Dank schuldig geblieben. Sie hat mich eines Tages, als ich das Leben von mir werfen wollte, ins Leben zurückgezwungen, und ich habe ihr Vorwürfe darüber gemacht. Sie hat sich für mich aufgeopfert, hat mich gepflegt und dem Tod abgerungen, und ich habe ihr nicht danken können, wie ich gewollt habe. Sie war zu stolz, etwas von mir anzunehmen.«

»Auch ich danke ihr viel. Ich bin sehr traurig, daß ich in ihrer Todesstunde nicht bei ihr sein konnte.«

»Es ist mir nur eine Beruhigung, daß Christine bei ihr war. Bitte, schreiben Sie an Christine, sie solle es mich sofort wissen lassen, wenn sie etwa in Not kommt.«

Am nächsten Tag kam der Ring für Frau Lentikoff. Sie steckte ihn sogleich an den Finger und legte ihn nicht mehr ab. Es war das einzige Schmuckstück, das sie trug.

Der Tod der Freundin belastete Frau Lentikoffs Stimmung außerordentlich stark. Daniela pflegte die alte Dame mit großer Hingabe und gestattete Natascha nur kleine Handreichungen.

»Es wäre besser gewesen, ich wäre an Stelle meiner Freundin gestorben«, sagte die Kranke.

Daniela faßte ihre Hand. »Der liebe Gott hat vielleicht noch etwas Großes mit Ihnen vor.«

»Etwas Großes? Vielleicht noch mehr Leid«, erwiderte die alte Dame bitter.

Daniela hatte in Frau Lentikoffs Auftrag an Christine geschrieben, und diese antwortete mit ihren ungelenken Schriftzügen, sie danke der gnädigen Frau. Vorläufig sei für sie gesorgt, sollte sie einmal in Not geraten, so werde sie sich der Güte der gnädigen Frau entsinnen und sich melden.

Inzwischen hatte sich das körperliche Befinden Frau Lentikoffs gebessert. Nur Schwäche hielt sie noch im Bett fest. Daniela umsorgte sie geduldig und liebevoll.

Endlich gab der Arzt die Erlaubnis, daß die Patientin am nächsten Morgen aufstehen dürfe.

Als Daniela an diesem Morgen in das Zimmer trat, saß Frau Lentikoff im Bett und hielt wieder das Bild in der Hand.

»Heute nacht hatte ich einen ganz seltsamen Traum, Daniela, den muß ich Ihnen erzählen, obwohl man nicht über Träume sprechen soll. Setzen Sie sich zu mir, ich stehe erst nach dem Frühstück auf.«

»Hoffentlich hatten Sie einen guten Traum, gnädige Frau.«

»Ja, er war wunderschön, aber sehr seltsam. Denken Sie, ich sah im Traum einen hohen steilen Berg, mit Geröll bedeckt. Viele dieser losen kleinen Steine rollten herab, mehr und immer mehr, aber es sah aus, als rollten große Tränen an der Felswand nieder. Sie füllten eine tiefe Schlucht, diese sonderbaren versteinerten Riesentränen, und in der Schlucht verwandelten sie sich zu Rosen. Es sah wunderbar aus, wie sich die Schlucht mehr und mehr mit Rosen füllte.

Als ich von diesem Rosenwunder die Augen hob, sah ich Sie am Rand der Schlucht gehen. Sie trugen ein weißes Kleid und einen Rosenkranz im Haar. Und in den Händen hielten Sie mein Kleinod, diesen Reliquienschrein mit dem Bild meines Sohnes. Und Sie sagten zu mir: ›Ich vergrabe das Bild deines Sohnes unter Rosen!‹

Ich wollte mich nicht von meinem Kleinod trennen, aber ich konnte mich nicht von der Stelle rühren. Sie sahen mich an und sagten: ›Natascha hat dir doch gesagt, daß ich dir Glück bringe. Vertraue darauf, jetzt kommt das Rosenwunder.‹ Sie beugten sich nieder und vergruben zu meinem grenzenlosen Schmerz mein Kleinod unter den Rosen.

Es fielen immer mehr Rosen darauf nieder, ich glaubte, daß ich mein Kleinod nie wiederfinden würde. Aber da begann es in dem Rosenmeer zu arbeiten. In der Mitte wölbte sich ein Hügel aus den herrlichsten Rosen, und dieser Hügel verwandelte sich langsam zu einem Torbogen, aus Rosen gebildet. Ich meinte, im Traum den Duft dieser Rosen zu spüren.

Durch den Torbogen sah ich in einen weiten Saal – der Fußboden darin war eine weiße Schneefläche. Und auf dieser Schneefläche kam mein Sohn auf mich zu, lebend und gesund, und so, wie ich ihn jetzt immer vor mir sehe, älter, reifer und ernster. Er trat auf mich zu und hielt Rosen in den Händen. Dabei sagte er: ›Deine Tränen sind zu Rosen geworden, Mutter.‹ Ich wollte ihn an mein Herz ziehen, aber da griff ich in die leere Luft und erwachte. Und es blieb von meinem schönen Traum nichts als der Rosenduft.«

Daniela hatte aufmerksam zugehört. »Seltsam – mir ist, als dufte es hier wirklich nach Rosen.«

Frau Lentikoff zeigte auf ein zierliches Flakon, das auf ihrem Nachttisch stand. »Da ist des Rätsels Lösung. Wahrscheinlich habe ich im Halbschlaf nach dem Reliquienschrein getastet und dabei dies Flakon heruntergeworfen. Es lag wenigstens leer und offen am Boden, als ich erwachte. So wirken in einem Traum oft Phantasie und Wirklichkeit zusammen. Schade, daß es aus diesem Traum für mich ein Erwachen gab.«

Daniela streichelte ihre Hand. »Liebe gnädige Frau, wenn Sie auch nur im Traum glücklich waren – wie gut, daß es solche Träume gibt!«

»Nur ist das Erwachen dann um so schwerer. Aber Sie

sehen, wie mich Nataschas Aberglaube bis in den Traum verfolgte. Sie behauptet immer wieder, Sie würden mir ein großes Glück bringen. Jedenfalls hat mich der Traum sehr erfrischt. Ich stehe heute auf, und morgen reisen wir nach Nizza.«

»Morgen schon, gnädige Frau? Wollen Sie sich nicht erst noch einige Tage erholen?«

»Nein, ich mag nicht mehr in Paris bleiben, es ist häßlich um diese Jahreszeit. In Nizza erhole ich mich bestimmt schneller als hier. Bitte, rufen Sie Natascha, sie soll meine Koffer packen.«

Dabei blieb es. Man reiste am nächsten Tag ab.

VII

Frau Lentikoff war mit ihrer Begleitung in Nizza eingetroffen. Sie fuhr zu dem Hotel, wo sie ebenfalls seit Jahren bekannt war und die »reiche Russin« immer aufmerksam bedient wurde.

Als sie am Hotel vorfuhr, standen im Vestibül Neugierige, die von dem Eintreffen der märchenhaft reichen Frau gehört hatten. Auch ein schlanker, hyperelegant gekleideter Herr, der eben beim Portier seine Rechnung bestellt hatte, weil er in einer halben Stunde abreisen wollte, war einen Augenblick stehengeblieben und erblickte Frau Lentikoff, der gerade eine junge Dame aus dem Wagen half. Das Gesicht der jungen Dame konnte er nicht sehen, da sie ihm den Rücken zukehrte. Er sah nur, daß sie einen kleinen roten Juchtenkoffer in der Hand trug, und auf diesem Koffer ruhte der etwas stechende Blick des Mannes.

»Sicherlich die Schmuckschatulle«, sagte er zu sich selbst.

Und dann eilte er in großen Sätzen die Treppe zu seinem im zweiten Stock gelegenen Zimmer empor.

Als er im ersten Stock anlangte, sah er eben ein Zimmermädchen aus einem Zimmer treten, das der Treppe schräg gegenüber lag.

Der elegante Mann kniff das kokette Zimmermädchen vertraulich in die Wange. »Kommen wohl neue Gäste, mein Engel?« fragte er scherzend, auf die Tür weisend.

Das Zimmermädchen nickte lachend. »Ja, Signor Salvatore, eine Russin mit Gesellschafterin und Dienerin. Ich muß mich beeilen.«

»Also auf Wiedersehen im nächsten Jahr, mein Engel!«

»Auf Wiedersehen, Signor Salvatore!« rief das Mädchen und eilte hinab.

Sie merkte nicht, daß Salvatore, nachdem sie verschwunden war, leise einen Teil der Treppe wieder herabschlich und hinter einer Säule verborgen stehenblieb.

Frau Lentikoff hatte sich auf der Reise nicht wohl gefühlt. Daniela war sehr besorgt um sie gewesen und sah immer wieder in ihr blasses Gesicht. Sie merkte, daß die alte Dame zuweilen ein wenig taumelte, als verliere sie den Boden unter den Füßen. Das war bei der schweren Grippe, die sie hinter sich hatte, kein Wunder. So stützte Daniela mit der einen Hand Frau Lentikoff, mit der anderen hielt sie die rote Tasche fest.

Natascha war noch unten bei dem Gepäck, das abgeladen wurde. Ein Page führte die Damen in ihre Zimmer.

Auf dem breiten Korridor, dicht vor ihrem Zimmer, merkte Daniela Frau Lentikoff an, daß sie wieder ein Schwindel befiel. Diesmal war es jedoch eine tiefe Ohnmacht. Bewußtlos sank die alte Dame Daniela in die Arme. Erschrocken sah diese auf den Pagen.

»Um Gottes willen, helfen Sie, rasch! Wir müssen die gnädige Frau in ihr Zimmer tragen, sie ist ohnmächtig.«

Sie trugen die Bewußtlose die wenigen Schritte ins Zimmer hinein und bemerkten nicht, daß Signor Salvatore oben auf der Treppe hinter der Säule stand und den ganzen Vorgang beobachtete. Sein Interesse galt ausschließlich der roten Juchtentasche, die Daniela noch immer krampfhaft in der Hand hielt. Die Tür zu dem Zimmer der Frau Lentikoff blieb offenstehen, und er konnte es überblicken. Er sah, daß der Boy und die junge Dame – wohl die Gesellschafterin – die alte Dame auf den Diwan betteten. Auch jetzt konnte er diese junge Dame nur von hinten sehen.

»Bitte, rufen Sie schnell die Dienerin von Frau Lentikoff herbei! Sie ist unten bei dem Gepäck«, bat Daniela den Pagen. Dieser lief, die Tür offenlassend, um Natascha zu holen.

Der Mann trat lautlos an die offene Tür. Vorsichtig blickte er in das Zimmer hinein und sah, daß die junge Dame sich tief über die Ohnmächtige beugte und sich um sie mühte. Sie war so in ihr Liebeswerk vertieft, daß sie den Lauschenden nicht gewahrte. Dieser trat nun auf die Schwelle der offenen Tür.

Wenn sie mich bemerkt, biete ich ihr meine Hilfe an, nahm er sich vor.

Auch jetzt sah er von Daniela nichts als ihren Rücken. Dafür aber erspähten seine Luchsaugen den roten Juchtenkoffer, der unweit der offenen Tür auf einem kleinen runden Tisch stand. Es blitzte begierig in seinen Augen auf.

Man muß aus allem Ungewöhnlichen Nutzen ziehen und darf keine Chance ausschlagen, dachte er.

Vorsichtig spähte er rechts und links den Korridor entlang. Kein Mensch war zu sehen. Da trat er leise einen Schritt ins Zimmer hinein, beugte sich vor, faßte den roten Juchtenkoffer und barg ihn unter seinem offenstehenden Rock. Ohne ein Geräusch zu machen, ging er aus dem Zimmer und sprang draußen in großen Sätzen die Treppe empor.

Gerade in dem Moment, als er von unten Natascha kommen hörte, verschwand er im zweiten Stock in seinem Zimmer. Hastig schloß er die Tür hinter sich zu und atmete tief auf. »Glück muß man haben!« sagte er mit zynischem Lächeln vor sich hin. Hastig öffnete er seinen bereits fertig gepackten Koffer und schob den kleinen roten Juchtenkoffer hinein, ohne ihn näher anzusehen. Er war fest überzeugt, daß er die Schmuckkassette der reichen Russin erbeutet hatte.

Es war ein besonderer Glücksumstand für den Gauner, daß er bereits seine Rechnung bezahlt hatte und zur Abreise fertig war.

Nachdem er seinen Koffer abgeschlossen hatte, klingelte er, sich straff aufrichtend und vor dem Spiegel seine Erscheinung prüfend, nach dem Hausdiener, der den Koffer hinuntertragen sollte.

Giuseppe Salvatore trieb ihn zur Eile an, aber der Hausdiener ließ sich Zeit.

»Sie kommen viel zu früh zum Zug«, maulte er.

Zwei Minuten später fuhr Signor Salvatore mit einem Taxi davon. Und eine halbe Stunde später war er im Zug unterwegs nach Genua.

Behaglich lehnte er sich, eine Zigarette rauchend, in die Polster zurück und schloß lächelnd die Augen. Er träumte von dem Inhalt des roten Juchtenkoffers und überlegte sich, welchen Wert wohl der Schmuck der Russin repräsentieren mochte.

Aber trotz seiner Neugier beherrschte er sich und schloß seinen Koffer nicht auf. Er war ein vorsichtiger Mann, und seiner Selbstbeherrschung hatte er das Gelingen manches schönen Planes zu danken. Signor Salvatore verstand sich auf sein Handwerk und war überzeugt, daß er wieder einmal einen kostbaren Schatz erbeutet hatte. So sorgsam wurden doch nur Schmuckkoffer mit wertvollem Inhalt transportiert.

Danielas und Nataschas vereinten Bemühungen war es endlich gelungen, Frau Lentikoff aus ihrer tiefen Ohnmacht zu wecken. Der Page hatte den Raum verlassen, um einen Arzt rufen zu lassen.

Frau Lentikoff richtete sich auf und sah erstaunt um sich. »Was ist mir denn geschehen, Daniela?«

»Liebe gnädige Frau – gottlob, daß Sie wieder bei Bewußtsein sind! Es war doch zu früh, daß wir reisten.«

»Du bist noch krank, Mütterchen, leg dich lieber noch einige Tage zu Bett«, sagte Natascha besorgt.

»Nein, nein, nicht ins Bett! Ich war wohl nur angestrengt von der Reise und werde mich schnell erholen. Gottlob, hier scheint die Sonne. Paris war gräßlich im Regenwetter. Gib mir noch ein wenig Kölnisches Wasser, Natascha. Und Sie, Daniela, warum haben Sie noch immer Hut und Mantel an?«

»Ich konnte mir nicht Zeit nehmen abzulegen, gnädige Frau. Mußte sogar den Juchtenkoffer aus der Hand legen, um Ihnen behilflich sein zu können.«

»Wo ist der Koffer? Geben Sie ihn mir!« sagte Frau Lentikoff, die Hand ausstreckend.

Daniela nahm gerade ihren Hut ab. »Da drüben auf dem kleinen runden Tisch, Natascha, geben Sie ihn der gnädigen Frau herüber.«

Natscha trat an den Tisch heran. »Hier sehe ich den Juchtenkoffer nicht, Fräulein Daniela.«

»Doch, neben der Tür auf dem kleinen Tisch, da stellte ich ihn hin.«

»Er ist aber nicht da.«

Daniela erschrak. »Ich weiß bestimmt, daß ich ihn

dorthin stellte, nachdem ich die gnädige Frau mit dem Boy hier ins Zimmer getragen hatte. So lange hielt ich ihn fest und setzte ihn dann erst ab. Haben Sie ihn nicht mit anderen Sachen fortgelegt, Natascha?« fragte Daniela, auf den leeren Tisch starrend.

»Hätte ich ihn fortgenommen, so hätte ich ihn auf das Nachttischchen gestellt.«

Jetzt wurde Frau Lentikoff unruhig und nervös. »Was ist mit dem Koffer? Wo ist er?«

Nun begann ein eifriges Suchen, an dem sich auch Frau Lentikoff aufgeregt beteiligte, ihre körperliche Schwäche ganz vergessend. Aber der Koffer war nirgends zu finden.

»Sie haben ihn sicher nicht mit ins Zimmer gebracht«, sagte die alte Dame.

»Doch, gnädige Frau, ich kann einen Eid darauf ablegen, daß ich ihn hier auf den Tisch stellte. Obwohl ich in Sorge um Sie war, vergaß ich nicht, darauf zu achten. Wir müssen den Pagen herbeirufen, er kann es mir bezeugen.«

Frau Lentikoff läutete Sturm. Der Page kam und sagte aus, daß er gleichfalls beschwören könne, daß das gnädige Fräulein einen kleinen roten Juchtenkoffer auf den Tisch gestellt habe, bevor er mit ihr die Ohnmächtige auf den Diwan gelegt habe.

»Das Köfferchen fiel mir auf wegen seiner roten Farbe. Ich weiß genau, daß es hier gestanden hat.«

»Und wo ist es hingekommen?« rief die alte Dame, aufs höchste erregt.

»Das weiß ich nicht; ich weiß nur, daß es noch hier stand, als ich hinunterging, um die Dienerin zu holen, und das gnädige Fräulein mir zurief, ich möchte einen Arzt rufen lassen«, sagte der Page wahrheitsgemäß aus.

Frau Lentikoff war außer sich vor Aufregung und, wie Daniela und Natascha, totenbleich.

Danielas Hände zitterten. Die Angst, daß der Koffer verschwunden bleiben könnte, schnürte ihr die Kehle zusammen. Sie wußte ja, daß dieser Verlust Frau Lentikoff zur Verzweiflung bringen würde.

Frau Lentikoff setzte eine hohe Belohnung aus für den, der ihr den Koffer zur Stelle schaffe. Sie beschwor den Pagen, den einzigen Menschen, auf den ein Verdacht fallen konnte, fast auf den Knien, den Koffer wiederzubringen, wenn er ihn an sich genommen habe. Er solle straffrei ausgehen und fürstlich belohnt werden.

Der junge Mann war außer sich und verlangte vom Hotelchef, man möge seine Sachen untersuchen, damit er rehabilitiert werden könne.

Dem Chef war die Angelegenheit äußerst fatal und unangenehm. Schließlich wurde die Polizei gerufen. Das ganze Hotel wurde durchsucht und ein hochnotpeinliches Verhör angestellt. Aber es half nichts, der Juchtenkoffer blieb verschwunden.

Daniela war verstört, sie wußte, was dieser Verlust für Frau Lentikoff bedeutete. Die Verzweiflung der armen Mutter quälte sie unsäglich. Wenn sie auch unschuldig war am Verschwinden des Koffers, machte sie sich doch Vorwürfe, daß sie ihn einige Minuten aus den Augen gelassen hatte.

Als alle Hoffnung geschwunden war, bekam Frau Lentikoff einen Verzweiflungsausbruch. Sie schrie Natascha an: »Da hast du das große Glück, das mir Daniela gebracht hat! Sie allein ist schuld, daß mir das einzige genommen wurde, an dem mein Leben hing, ebensogut hätte sie mich töten können!«

Daniela hörte das und barg entsetzt das Gesicht in den Händen. Sie konnte sich nicht verteidigen, und es schmerzte sie fast ebenso sehr, daß der Koffer verschwunden war.

Der Anblick der weinenden Daniela regte die alte Dame noch mehr auf, und unfähig, sich jetzt zu beherrschen, rief sie ihr zu: »Gehen Sie mir aus den Augen, ich kann Sie nicht mehr sehen! Ich sehe in Ihnen die Ursache meines unersetzlichen Verlustes. Gehen Sie, gehen Sie! Ich kann Ihren Anblick nicht mehr ertragen, nie mehr! Lassen Sie mich allein!«

Bleich bis in die Lippen wankte Daniela hinaus. In ihrem Zimmer fiel sie in einen Sessel. In ihrem Herzen war eine inbrünstige Bitte, daß der Himmel helfen möge, der armen Mutter das Bild ihres Sohnes wiederzubeschaffen. Dann, das Gesicht in die Hände vergraben, weinte sie jammervoll.

Es vergingen einige Stunden. Daniela wagte nicht, ihr Zimmer zu verlassen, dachte nicht an Essen und Trinken, betete nur immer, daß der Koffer wieder gefunden werden möge.

Endlich, als der Abend schon herabgesunken war, trat Natascha ein. Sie hatte verweinte Augen und sah Daniela betrübt an.

»Was bringen Sie mir?« fragte Daniela, Nataschas Hand fassend.

»Ach, Fräulein Daniela, ich bringe traurige Nachricht. Mütterchen will Sie nicht wiedersehen; Sie sollen abreisen, spätestens morgen früh. Hier ist ein Scheck und ein Zeugnis. Das Zeugnis ist sehr gut. Mütterchen ist ja nur unglücklich, nicht böse. Der Scheck soll alle Ihre Ausgaben decken, die Reisekosten und Gehalt und Verpflegung für ein halbes Jahr. Mütterchen will nicht, daß Sie Schaden haben, sie sagt, sie weiß, daß sie Ihnen Unrecht tut und daß Ihre Schuld nur gering ist, nur eine Unachtsamkeit. Aber sie kann Ihren Anblick nie mehr ertragen. Sie wissen ja, Fräulein Daniela, wie furchtbar Mütterchen durch diesen Verlust betroffen ist. Es hätte mir genauso wie Ihnen geschehen können, Fräulein Daniela. Wahrscheinlich hätte ich in jenem Augenblick auch mehr auf Mütterchen geachtet als auf ihr Kleinod. Die Heiligen haben es gefügt, daß Sie den Koffer trugen und nicht ich.«

»Ich bin nicht weniger verzweifelt über das Verschwinden des Koffers als die arme Frau Lentikoff.«

Natascha streichelte ihre Hände. »Ich weiß es, Fräulein Daniela. Und ich hatte fest daran geglaubt, daß Sie Mütterchen Glück bringen würden. Mütterchen will Inserate in einigen großen Zeitungen erscheinen lassen und eine hohe Belohnung aussetzen für den, der ihr das Bild ihres Sohnes wiederbringt. Der Hotelchef war vorhin noch einmal bei Mütterchen und sagte ihr, er könne sich nur denken, daß ein Hoteldieb den Koffer aus dem Zimmer gestohlen habe, als der Page mich holte und Sie mit Mütterchen beschäftigt waren.«

»Ich bin sehr unglücklich, Natascha, denn ich weiß, wie hart dieser Verlust die arme Mutter trifft. Könnte ich ihr das Bild wiederschaffen, kein Opfer sollte mir zu groß sein. Bitte, liebe Natascha, sagen Sie Frau Lentikoff, wenn sie etwas ruhiger geworden ist, daß mich nichts zu dieser Unachtsamkeit hat verleiten können als die Angst und Sorge um ihren Zustand.«

»Ich werde ihr alles sagen, nur jetzt nicht, jetzt ist nicht mit ihr zu reden. Der Arzt hat ihr ein beruhigendes Pulver verschrieben. Er ahnt nicht, daß sie keine Ruhe finden wird. Das wissen Sie, Fräulein Daniela.«

»Ich weiß, daß dies arme Mutterherz mit allen Fasern an dem Bild hing. Ich kann ihr auch nicht zürnen, daß sie mich fortschickt. Ich kann verstehen, daß mein Anblick sie immer wieder aufregen würde. Bitte, liebe Natascha, lassen Sie mich sofort wissen, wenn sich der Juchtenkoffer mit seinem Inhalt wieder finden sollte. Vielleicht haben die Inserate Erfolg, und der Dieb sendet der armen

Mutter das Bild ihres Sohnes, das doch keinen Wert für ihn hat.«

»An diese Hoffnung klammert sich Mütterchen. Ich werde Ihnen Nachricht senden, geben Sie mir nur Ihre Adresse.«

»Ich reise nach Berlin, Natascha, zu meinem Bruder. Hier haben Sie die Adresse der Pension, in der er wohnt.«

»Es ist gut, Fräulein Daniela, reisen Sie mit Gott. Ich weiß nicht, wie es möglich ist, daß Sie Mütterchen Unglück brachten. Alle Zeichen deuteten auf ein großes Glück, das Sie ihr bringen würden.«

»Wie gern hätte ich das getan! Ich habe sie so liebgewonnen, und es ist ein großer Kummer für mich, daß ich ihr Schmerzen bereiten mußte.«

VIII

In gedrückter Stimmung hatte Daniela ihre Koffer gepackt, ein Telegramm an ihren Bruder aufgegeben, in dem sie ihm nur den Termin ihrer Ankunft mitteilte, sonst nichts.

Ausführlich konnte sie nicht schreiben; sie wollte ihm erst in Berlin mitteilen, weshalb sie so plötzlich Nizza verlassen mußte.

Ehe sie am nächsten Morgen abreiste, bat sie Natascha, ihre Herrin zu fragen, ob sie ihr Lebewohl sagen dürfe. Auf Danielas dringende Bitte ging die Dienerin, ihre Herrin zu fragen, die in der Nacht kein Auge geschlossen hatte.

»Mütterchen, Fräulein Daniela bittet dich, dir Lebewohl sagen zu dürfen. Willst du es ihr nicht gestatten?«

Aber Frau Lentikoff wandte sich wortlos ab und machte eine hastig abwehrende Bewegung. Sie konnte keinen Menschen sehen, am wenigsten Daniela, die unschuldige Ursache ihrer Schmerzen. So mußte Daniela ohne Abschied abreisen.

In sehr deprimierter Stimmung kam sie am Donnerstagabend in Berlin an.

Als sie den Zug verließ und zwischen den anderen Reisenden den Bahnsteig entlangging, sah sie einen jungen Herrn, der die vorübergehenden Passagiere musterte.

Er erblickte sie zu gleicher Zeit und eilte auf sie zu. »Daniela?«

»Busso!« Die Geschwister lagen sich in den Armen, und aus Danielas Augen stürzten Tränen.

Busso streichelte beruhigend ihre Hand. »Liebe Schwester, ahnte ich doch, daß dich etwas Unerfreuliches so plötzlich nach Berlin führte. Was ist geschehen?«

Daniela faßte sich mühsam. »Ich habe meine Stellung verloren, Busso, und ich kann leider nicht einmal sagen, daß ich ganz unschuldig daran bin.«

»Beruhige dich, Daniela. Komm, ich führe dich zu meinem Wagen und bringe dich in meine Pension. Dort findest du noch ein Zimmerchen.«

Den Handkoffer, den Daniela trug, hatte er ihr abgenommen. Und nun gingen die Geschwister zu seinem Wagen. Als sie darin Platz genommen hatten, faßte Busso die Hand der Schwester. »Nun sag mir alles, was dich drückt!«

Sie seufzte tief auf und erzählte dem Bruder, was geschehen war. Doch auch jetzt wahrte sie das Geheimnis von Frau Lentikoff und berichtete nur, daß der kleine rote Juchtenkoffer ein teures Andenken enthalten habe.

Busso hörte aufmerksam zu und sagte dann erregt: »Es ist unerhört, daß dich Frau Lentikoff Knall und Fall entlassen hat, nur weil du in der Sorge um sie diesen Juchtenkoffer außer acht ließest! Das ist doch keine Veranlassung zu einer so beleidigenden Entlassung.«

»Sei nicht zornig auf die Ärmste, Busso. Ich kann sie verstehen, denn ich weiß, wie sehr die arme Mutter an diesem einzigen Bild ihres Sohnes hing. Ich an ihrer Stelle hätte wahrscheinlich das gleiche getan. Man kann sie ja schließlich nicht zwingen, mich zu behalten, deren Anblick sie immer wieder an ihren Verlust erinnert. Ich bin viel unglücklicher darüber, daß ich ihr diesen Verlust nicht ersparen konnte, als über meine Entlassung.«

»Ist denn alles sofort geschehen, den etwaigen Dieb zu fassen?« fragte Busso.

»Alles ist geschehen.«

»Und der Page? Kann er den Koffer nicht entwendet haben?«

»Das ist ausgeschlossen. Er hat sich und seine Sachen sofort durchsuchen lassen und ist seit Jahren in seiner Stellung, erfreut sich des besten Leumunds. Auch machte er mir einen unbedingt ehrlichen Eindruck. Der Dieb kann nur ein Mensch sein, der in dem Augenblick, da das Zimmer offenstand und ich mit Frau Lentikoff beschäftigt war, vorüberging. Ohne daß ich es merkte, muß er hinter meinem Rücken den Juchtenkoffer erfaßt haben.«

»Also kann es nur ein Hotelangestellter oder ein Gast gewesen sein.«

»Das war anzunehmen. Alle Dienstboten mußten ihre Sachen visitieren lassen, die Hotelgäste baten selbst darum, daß ihre Zimmer durchgesehen wurden. Auch meine und Nataschas Sachen wurden durchsucht. Aber nichts war zu finden.«

»Das ist wirklich rätselhaft. Armes Ding, das ist eine unangenehme Sache für dich gewesen. Hoffentlich gelingt es Frau Lentikoff, ihr Eigentum zurückzubekommen.«

»Ich wäre sehr glücklich, wenn sie Erfolg hätte!«

Die Pensionsinhaberin hatte Daniela ein Zimmerchen angewiesen, das zufällig frei geworden war, und Busso ließ die Schwester allein, damit sie sich umziehen konnte.

»Wenn es dir recht ist, Daniela, stelle ich dir nachher meinen Freund Stefan Kolniko vor. Ich gehe jetzt zu ihm und berichte, weshalb du so plötzlich hierher gekommen bist. Und nun sei guten Mutes, du hast dir nichts vorzuwerfen. Es ist ein Unglück, das dich ebenso betroffen hat wie Frau Lentikoff.«

Busso trat in das Zimmer seines Freundes Stefan. Dieser sah ihm fragend entgegen. »Ist deine Schwester angekommen?«

»Ja, sie ist in ihrem Zimmer.«

»Das ist gut! So hast du sie wenigstens in deiner Nähe. Ist ihr Unangenehmes passiert?«

»Ja, Stefan, sie hat ihre Stellung verloren. Ohne weiteres hat man sie entlassen, weil ein Koffer gestohlen wurde, der ihrer Obhut anvertraut war, und weil dieser Koffer das einzige Bild des Sohnes der Dame enthielt.« Er erzählte in kurzen Worten, was er über das Verschwinden des Koffers von Daniela erfahren hatte.

Stefan Kolniko brauste auf. »Es ist doch eine Ungerechtigkeit, daß diese Frau Lentikoff deine Schwester büßen läßt, was ein Spitzbube ihr angetan hat!«

»Ja, das fand ich auch. Aber Daniela nimmt sie noch in Schutz und will nicht dulden, daß ich auf sie schelte.«

»Es gibt sonderbare Menschen, Busso. Diese Frau Lentikoff hätte sich bei deiner Schwester bedanken sollen, daß sie ihr Beistand leistete, als sie ohnmächtig war.«

Busso zuckte die Schultern. »Daniela ist jedenfalls sehr

betrübt, daß sie das Verlorene nicht wiederbeschaffen konnte.«

»Vielleicht sitzt der Dieb noch ruhig dort im Hotel. Wer weiß, ob die Polizei gründlich genug nachgeforscht hat!«

»Möglich. Jedenfalls ist meine Schwester ihre gute Stellung los. Doch eine andere Heimat als ein Pensionszimmerchen kann ich ihr vorläufig nicht bieten, bevor unsere beruflichen Angelegenheiten geregelt sind.«

»Aber wir werden dafür sorgen, daß deine Schwester sich nicht zu unbehaglich hier fühlt. Ich freue mich, sie endlich kennenzulernen.«

Eine halbe Stunde später sahen sich Daniela und Stefan Kolniko zum erstenmal in dem kleinen Speisesaal der Pension.

Daniela blickte in Stefan Kolnikos Gesicht. Sie hatte dabei ein seltsames Empfinden: Etwas in diesem Gesicht erschien ihr bekannt und vertraut.

Mit einem Lächeln reichte sie ihm die Hand. »Verzeihen Sie, daß ich Sie so forschend ansah. Mir war, als sähe ich Sie nicht zum erstenmal. Das kommt wohl nur daher, daß Busso Sie mir so genau geschildert hat. Jedenfalls freue ich mich, Sie kennenzulernen.«

Er nahm ihre Hand. »Ihre Freude an unserem endlichen Zusammentreffen kann nicht größer sein als die meine. Wir haben viel voneinander gehört, und ich bin durch Ihren Anblick nicht überrascht, da ich Ihr Bild oft angesehen habe. Nur – Ihr Bild erscheint mir matt und farblos im Vergleich mit dem Original«, sagte er in einer herzlichen Weise, daß es nicht wie eine banale Schmeichelei klang.

In Danielas Gesicht stieg eine leichte Röte. Stefans Blick verwirrte sie.

Er sprach Daniela sein Bedauern aus, daß sie ihre Stellung auf so unangenehme Weise hatte verlieren müssen. »Aber ich bin so egoistisch, mich darüber zu freuen, daß ich Sie auf diese Weise endlich kennenlernen durfte«, fügte er hinzu.

Busso war froh, daß der Freund und die Schwester sich gut verstanden, wie er es erwartet hatte.

Nach dem Abendessen blieb man noch beisammen sitzen. Daniela sprach davon, sich sofort nach einer neuen Stellung umzusehen.

Busso wollte nichts davon hören. »Laß mich für dich sorgen, Daniela. Wie ich bestimmt hoffe, habe ich bald festen Boden unter den Füßen und kann uns ein bescheidenes Heim schaffen.«

Daniela aber schüttelte den Kopf. »Nein, mein Lieber, ich will mich nicht wie ein Klotz an deine Füße hängen. Es wird sich schon etwas für mich finden. Natürlich bleibe ich in Berlin. Dank der Großzügigkeit von Frau Lentikoff bin ich für ein halbes Jahr versorgt und mit Kleidung versehen. Ich muß also nicht blindlings das erste beste annehmen. Ich versuche mir durch meine Sprachkenntnisse einen Wirkungskreis zu schaffen. Jetzt, da ich dich als Schutz hier habe, muß es ja nicht unbedingt irgendein Familienanschluß sein«, meinte sie.

»Sie sind sehr tapfer«, sagte Stefan Kolniko bewundernd.

Errötend sah sie in seine Augen und fragte sich wieder, an wen sie dieser strahlende Blick erinnerte.

Mit reizendem Lächeln erwiderte Sie: »Ich bin gar nicht so tapfer, wie es Ihnen erscheinen mag. Aber, wie gesagt, ich habe ja jetzt meinen Bruder hier.«

»Und mich!« sagte er lächelnd.

»Es ist sehr liebenswürdig von Ihnen. Wenn zwei so starke Männer mich in ihre Hut nehmen, bin ich wirklich gut beschützt.«

Stefan Kolniko hatte das Empfinden, als sei mit Danielas Erscheinen eine neue, belebende und erwärmende Sonne über seinem Dasein aufgegangen, als liege alles

Schwere, das auf seinem Leben gelastet hatte, weit, weit hinter ihm. Der Glanz dieser warmen Mädchenaugen schien alle Schatten verscheucht zu haben.

Auch von Daniela war abgefallen, was sie bedrückte. Sie hatte sich auf der Reise einsam und verlassen gefühlt. Jetzt war ihr, als sei sie heimgekehrt; sie fühlte sich geborgen, weil der Bruder bei ihr war – und Stefan Kolniko. In seiner Nähe war ein Heimatgefühl auch über sie gekommen.

Am anderen Morgen gingen die beiden jungen Männer in die Fabrik, und Daniela machte sich zum Ausgehen fertig. Sie wollte die alte Christine aufsuchen und von ihr über die letzten Tage der Baronin Berken hören.

Als sie an der ehemals Berkenschen Villa anlangte, kam ihr Christine entgegen. Bei Danielas Anblick weinte sie laut auf.

»Ach, Fräulein Daniela – liebes Fräulein Daniela, daß wir uns so wiedersehen müssen! Unsere arme liebe Frau Baronin!«

Daniela faßte ihre Hand. »Ich habe es nicht fassen können, Christine.«

Diese zog Daniela mit sich in ein sehr behagliches, hübsches Wohnzimmerchen.

»Ja, ja, Fräulein Daniela, ich bin nun ganz allein auf der Welt und zu nichts mehr nütze. Ich bin noch gar nicht wieder so recht zur Ruhe gekommen. Die gnädige Frau, als sie sich so schlecht fühlte, sagte mir: ›Christine, wenn mir etwas zustoßen sollte, telegrafierst du an Frau Lentikoff und an meinen Vetter in Hannover.‹ Das habe ich dann auch getan.«

»Frau Lentikoff war selbst krank, als Ihre Depesche eintraf.«

»Nun ist sie aber wohl wieder gesund und ist mit Ihnen nach Berlin gekommen?«

»Nein, Christine, ich habe meine Stellung bei Frau Lentikoff verloren.«

Daniela erzählte der alten Dienerin, was in Nizza geschehen war. Christine bedauerte Daniela aufrichtig.

»Ich hätte auch zuerst nach meiner Frau Baronin gesehen und dann erst nach dem Koffer«, sagte sie überzeugt.

Sie zeigte Daniela dann die ganze Wohnung.

»Das alles gehört nun mir, Fräulein Daniela, mit Geschirr und Wäsche; alles, außer dem Familiensilber und den alten Familienerbstücken an Möbeln, die wir mit hier heraufgenommen hatten und die Herr von Kaltenbach geerbt hat. Einen vollständigen Haushalt habe ich geerbt, damit ich Zimmer vermieten und mir zu meinem kleinen Legat noch verdienen kann, was ich brauche. Ich habe aber solche Angst, fremde Leute in die Wohnung zu nehmen, und nur ruhige Mieter darf ich ins Haus bringen. Es ist nicht leicht, solche Mieter zu finden.«

»Ich glaube, ich kann Ihnen da helfen, Christine.«

»Wie denn, Fräulein Daniela? Wissen Sie jemand?«

»Ich denke wohl. Mein Bruder ist jetzt in Berlin und wohnt mit seinem Freund in nächster Nähe in einer Pension. Die beiden werden ganz gewiß gern bei Ihnen Wohnung nehmen. Eventuell fällt auch ein Zimmerchen für mich ab, falls ich nicht wieder eine Stellung mit Familienanschluß erhalte.«

Christine faßte erfreut ihre Hände. »Ach, liebes Fräulein Daniela, das wäre ein großes Glück für mich! Ich habe solche Angst vor fremden Menschen. Man ist ja seines Lebens nicht sicher, wenn man nicht weiß, wen man ins Haus bekommt. Ich wäre Ihnen sehr dankbar, wenn sich das einrichten ließe.«

»Daran zweifle ich nicht. Die beiden Herren haben es in der Pension ungemütlich. Hier ist es viel behaglicher.

Gleich heute will ich mit ihnen sprechen. Sie könnten doch bald einziehen?«

»Jeden Tag, Fräulein Daniela.«

»Und Sie könnten auch für die beiden kochen, Christine?«

»Sehr gern. Ich weiß doch dann wieder, wozu ich auf der Welt nützlich bin.«

»Also gut, Christine, es wird sich alles einrichten lassen. Sie bekommen spätestens morgen Nachricht, und dann besprechen wir alles.«

»Ach, du lieber Gott, wunderschön wäre das! Ich würde schon dafür sorgen, daß sie es behaglich hätten.«

»Davon bin ich überzeugt.«

Daniela sah sich noch einmal die vier Zimmer an und überlegte, wie die Räume am besten verteilt würden. Christine wollte nur ihr kleines Zimmer für sich behalten.

»Ich bin ja doch meist in der Küche und brauche es nur zum Schlafen. Ich kann die Zimmer alle vier abgeben.«

Daniela machte noch einen Spaziergang, besorgte einige nötige Kleinigkeiten und kaufte verschiedene Zeitungen, weil sie nachsehen wollte, ob sich ein Stellenangebot für sie darin fand. Dann ging sie zur Pension zurück. Um die Mittagszeit kamen Busso und Stefan zu Tisch.

Nach Tisch bat Busso die Schwester und den Freund in sein Zimmer. »Wir trinken den Kaffee bei mir, da können wir uns ungestört unterhalten«, sagte er.

Nun erzählte Daniela und machte den Herren den Vorschlag, zu der alten Christine zu ziehen, die sie bestens verpflegen würde und bei der sie ein wirklich behagliches Heim fänden, ohne daß es ihnen mehr Kosten verursachte.

Die beiden gingen begeistert auf diesen Vorschlag ein; das Leben in der geräuschvollen Pension sagte Ihnen nicht sehr zu.

»Also gut«, sagte Daniela, »dann ist es abgemacht. Wir können uns, sobald es paßt, die ehemalige Wohnung der Baronin Berken ansehen.«

Stefan blickte überrascht auf, als er den Namen Berken hörte.

»Welchen Namen nannten Sie da, Fräulein Daniela?«

»Baronin Berken«, erwiderte Daniela.

Stefan richtete sich auf und sah sie forschend an.

»Wie seltsam! Können Sie mir den Vornamen nennen?«

»Sie hieß Magda.«

»Und war eine geborene Freiin von Kaltenbach?«

Jetzt sah Daniela erstaunt aus. »Das stimmt.«

»Und ihr Gatte war Oberst?«

»Allerdings, Herr Kolniko. Der Baron starb schon lange vor dem Krieg. Kannten Sie die Baronin Berken?«

Er nickte erregt. »Ja – sie ist es! Schade, daß mir Busso nie den Namen früher genannt hat. Ich habe sie vor vielen Jahren kennengelernt, in meiner russischen Heimat. Ich hätte sie sehr gern einmal wiedergesehen und gesprochen. Sie war mit meinen Eltern befreundet. Ich ahnte nicht, daß sie in Berlin lebte. Soviel ich weiß, wohnte sie früher in Hannover.«

»Ganz recht. Sie ist aber nach Berlin übergesiedelt, weil sie die Villa von ihren Eltern erbte.«

Stefan Kolniko sah eine Weile düster vor sich hin. »Nun, es sollte nicht sein.«

Busso legte ihm die Hand auf den Arm. »Bist du an frühere Zeiten gemahnt worden. Stefan?«

»Allerdings.«

»Und tut es dir weh, daß die Baronin Berken nicht mehr lebt? Wenn ich geahnt hätte, daß ihr Name für dich von Bedeutung ist!«

»Es ist vielleicht gut so. Vermutlich wären doch nur trübe Erinnerungen geweckt worden.«

Daniela sah Stefan an. Er fing diesen Blick auf. »Verzeihen Sie, daß ich unterbrochen habe. Busso weiß, warum. Er kennt meine Geschichte. Wenn wir erst miteinander so gut Freund geworden sind, wie ich mit Busso bin, erzähle ich Ihnen, warum ich die Baronin Berken gern gesprochen hätte.«

»Ich habe nichts zu verzeihen, Herr Kolniko. Also, ich kann Christine sagen, daß Sie bei ihr wohnen wollen? Sie werden dort viel gemütlicher leben als in dieser gräßlichen Pension.«

»Und werden Sie mit uns ziehen?« fragte Stefan sehr interessiert.

»Wenn ich keine Stellung mit Familienanschluß bekomme, werde ich vorläufig mit zu Christine ziehen. Sie beide müssen sich dann mit drei Zimmern begnügen, wenn ich das vierte für mich in Anspruch nehme«, sagte sie mit einem Lächeln, das Stefan entzückte.

Jetzt schaltete sich Busso ein. »Ich habe auch noch eine Nachricht von einiger Wichtigkeit. Eventuell könnte eine Stellung für dich schnell gefunden werden. Ich war heute vormittag in der Privatwohnung unseres Direktors. Es handelte sich um meine Erfindung. Direktor Herder ist ein Mann, der sich aus sehr einfachen Verhältnissen emporgearbeitet hat. In geschäftlichen Dingen ist er ein Genie, besitzt aber eine mangelhafte gesellschaftliche Bildung. Seine Frau ist still, schlicht, findet sich nur schwer in die glänzenden Verhältnisse und besitzt den Mut, das ruhig einzugestehen. Sie will nicht etwas vortäuschen, ist ein liebenswerter Mensch. Unser Direktor möchte aber gern in vornehme Kreise – er liebt die Vornehmheit abgöttisch – und setzt dabei alle Hoffnung auf seine einzige Tochter, die einst die Erbin seines großen Reichtums sein wird. Fräulein Käte Herder ist eine sehr hübsche junge Dame und eine liebenswürdige Persönlichkeit. Sie ist in einer vornehmen Pension erzogen worden und besitzt die gesellschaftliche Sicherheit, die den Eltern mangelt. Käte ist ein herzenswarmer, vornehm denkender Mensch, der sich mit feinem Takt auch in schwierigen Verhältnissen zurechtfindet.«

»Du hast ja die Familie Herder ziemlich gründlich studiert, Busso«, scherzte Stefan.

»Ich hatte mehr Gelegenheit als du, Stefan, sie kennenzulernen, da ich nicht nur zu offiziellen Gelegenheiten in der Villa Herder war, sondern des öfteren von Direktor Herder dorthin bestellt wurde, um mit ihm wegen meiner Erfindung zu verhandeln. Und da hat er mich meist ganz zwanglos mit seinen Damen zusammengebracht. Ich konnte mir von diesen drei Menschen ein genaues Bild machen, denn wenn sie allein sind in ihrer wundervollen Villa, geben sie sich zwanglos. Doch dies nur nebenbei und zur Orientierung für dich, liebe Daniela. Also ich hörte heute morgen, daß Direktor Herder für seine Tochter eine Gesellschafterin engagieren will, weil das in vornehmen Kreisen üblich ist und weil seine Frau ein wenig schwerfällig ist. Ich dachte sofort an dich und habe von dir gesprochen. Fräulein Käte Herder interessierte sich gleich für dich. Als ich erzählte, daß du jahrelang bei der Baronin Berken und danach bei einer reichen, vornehmen Russin als Reisebegleiterin und Gesellschafterin eine Stellung gehabt hast, stieg das Interesse noch mehr. Kurzum, du sollst dich am Sonntagvormittag vorstellen. Ich habe versprochen, dich zu begleiten. Was sagst du dazu?«

Ehe Daniela antworten konnte, fuhr Stefan Kolniko auf: »Du wirst doch deine Schwester nicht in das Haus dieser Emporkömmlinge lassen?«

»Mein lieber Stefan, wir sind nicht in der Lage, so aristokratisch empfinden zu können wie du. Und immerhin sind im Haus dieser Emporkömmlinge wertvolle Menschen. Dazu rechne ich nicht nur die Gattin und die Tochter, sondern auch ihn selbst, trotz seiner kleinen Schwächen, seiner Sucht nach oben, die keinen unedlen Motiven entspringt.«

»Und außerdem, Herr Kolniko, ist er doch auch Ihr Chef. Warum sollte er nicht der meine werden?« fragte Daniela.

Stefan Kolniko strich sich über die Stirn. »Wir sind Männer; wir stehen in einem rein geschäftlichen Verhältnis zu ihm. Sie aber sind eine Dame, und die Stelle einer Gesellschafterin bedingt Familienanschluß und enges Zusammenleben. Sie passen nicht in ein solches Haus.«

Daniela sah zu ihm hinüber und las in seinen Augen, daß es ihn schmerzte, daß sie sich von ihm und dem Bruder trennen wollte. Und das löste ein Glücksgefühl in ihr aus. Mit einem Aufatmen sagte sie: »Seien Sie ganz unbesorgt, lieber Herr Kolniko, ich passe überall hin, wo ich mir selbst treu bleiben kann. Ich bin darauf angewiesen, mir meinen Unterhalt zu verdienen, denn ich will meinem Bruder nicht zur Last fallen, und bin auch zu jung und gesund, um mich auf die faule Haut zu legen. Wenn ich die Stellung im Herderschen Hause bekomme, ist mir das angenehm, denn ich kann dann in der Nähe meines Bruders bleiben. Es ist lieb von Ihnen, daß Sie so großen Anteil an meinem Schicksal nehmen; aber glauben Sie mir, ich bin überall am Platz, wo ich mir mein Brot auf ehrliche und anständige Weise verdienen kann. Unsere Zeit hat mit mancherlei Vorurteilen aufgeräumt. Man muß sich darin zurechtzufinden suchen, das habe ich von der Baronin Berken gelernt, die würdevoll und klaglos so manches auf sich nahm, weil es sein mußte.«

Stefan Kolniko strich sich über die Stirn, als sei ihm zu heiß geworden unter ihrem Blick und ihren Worten. Er faßte ihre Hand.

»Verzeihen Sie, daß ich mir anmaßte, in dieser Angelegenheit ein Wort mitzureden. Aber ich fühle mich so eins mit Busso, daß ich auch seine brüderlichen Anrechte auf Sie mit zu den meinen mache. Alles, was Sie sagen, ist ja gut und richtig. Aber ich wünschte, ich hätte das Recht und die Macht, Sie vor jedem Lebenskampf zu behüten.«

Die letzten Worte drängten sich, aller Vernunft zum Trotz, in starker Erregung über seine Lippen.

Sie errötete, reichte ihm aber impulsiv die Hand. »Ich freue mich über Ihre ritterliche Gesinnung und habe nichts zu verzeihen, sondern nur zu danken. Bei ruhiger Überlegung müssen Sie mir aber wohl recht geben. Auf jeden Fall kann ich mir die Familie Herder einmal ansehen und dies Engagement in Erwägung ziehen. Sicher bleibt mir so viel freie Zeit, daß ich immer einmal nachschauen kann, ob Sie und Busso bei der alten Christine gut aufgehoben sind. Es wird mir dann immer sein, als habe ich ein Zuhause, wo ich hingehöre.«

Stefan preßte nochmals ihre Hand. Und dann sahen sie sich an. Ihre Blicke hingen selbstvergessen ineinander.

IX

Am Sonntagmorgen fuhr Daniela mit ihrem Bruder zum Grunewald hinaus.

Als die Geschwister vor der Villa Herder ankamen, sah Daniela den wunderschönen Bau, der inmitten eines parkähnlichen Gartens lag.

Sie schritten durch die Gartenpforte, die sich auf ihr Läuten öffnete, und gingen zum Portal.

»Du sagtest, Fräulein Herder hat bei der Innenausstattung ihre Wünsche ausführen dürfen?« fragte Daniela halblaut.

»Innen und außen ist alles nach ihren Wünschen gegangen. Direktor Herder erklärte mir zwar etwas ärgerlich, seine Tochter habe zu schlichte Gewohnheiten, er hätte die Gesellschaftsräume hauptsächlich gern luxuriöser gestaltet, aber er habe nun einmal seiner Tochter freie Hand gelassen. Sie versteht mehr davon, wie es in einem vornehmen Hause aussehen muß, als er selbst, und sie weiß genau, was sie will. Neben der schlichten, von ihrer Mutter geerbten Güte ist auch viel von der Energie ihres Vaters in ihr.«

Daniela sah in ihres Bruders Gesicht. Wenn er von Käte Herder sprach, bekam seine Stimme einen warmen Klang.

»Du scheinst eine sehr hohe Meinung von der jungen Dame zu haben.«

»Die höchste, die ein Mann von einer Frau haben kann«, sagte er fest und ruhig.

Daniela konnte nichts mehr entgegnen. Am Portal der Villa empfing sie ein Diener in schlichter Livree.

»Sind die Herrschaften zu Hause?« fragte Busso.

»Ja, Herr Doktor. Die Herrschaften befinden sich im Wohnzimmer.«

Das hieß, daß man die Geschwister ganz familiär empfangen wollte.

Der Diener öffnete auf der rechten Seite des Vestibüls eine Flügeltür und ließ die Geschwister in ein großes Zimmer eintreten, das behaglich ausgestattet war.

An einem Fenster dieses Zimmers saß in einem tiefen Sessel der Hausherr und las in der Zeitung. Seine Tochter stand am Tisch und blätterte in einer Zeitschrift, ihre Mutter hielt eine Handarbeit in den Händen. Ein friedliches Familienbild. Es fiel Daniela auf, daß sich das

Gesicht des schönen Mädchens mit leichter Röte überzog, als sie Busso erblickte.

Käte Herder machte sofort einen sehr sympathischen Eindruck auf Daniela. Schöne tiefblaue Augen mit ernstem, forschendem Blick.

Der Hausherr hatte sich nach leichtem Zögern erhoben. Er war sich nicht klar, ob er aufstehen müsse. Dr. Falkner war doch schließlich sein Angestellter, und seine Schwester bewarb sich um einen Posten in seinem Haus. Aber ein Blick seiner Tochter trieb ihn dann doch in die Höhe. Er ging den Ankommenden entgegen und begrüßte die Geschwister mit einer gewissen Jovialität, die zu vertraulich war, klopfte Busso auf die Schulter und sah mit schmunzelnder Bewunderung auf Danielas vornehme Erscheinung.

Die Geschwister waren der Situation vollkommen gewachsen und glichen durch ihr Verhalten aus, was sonst vielleicht peinlich gewesen wäre.

Busso Falkner verneigte sich dann zuerst vor der Dame des Hauses. Sie reichte ihm freundlich die Hand, die er an seine Lippen zog, was ihr eine leichte Verlegenheit verursachte. Ihre harten, verarbeiteten Frauenhände hatten fest zufassen müssen, als sie noch jung war, und hatten in den Jahren behaglichen Reichtums anscheinend das Zugreifen noch nicht ganz verlernt.

»Seien Sie uns willkommen, Herr Doktor. Es ist sehr freundlich von Ihnen, daß Sie uns Ihre Schwester bringen.«

Busso führte Daniela zu ihr. »Meine Schwester freut sich sehr, Ihnen einen Besuch machen zu dürfen, gnädige Frau.«

Und während nun Daniela einige Worte mit der Hausfrau sprach, begrüßte Busso Fräulein Käte Herder mit einer Verbeugung.

Die Blicke der beiden jungen Menschen trafen ineinander. Käte Herder neigte den Kopf und sagte dem jungen Ingenieur freundliche Begrüßungsworte. Dann wandte sie sich an Daniela, der sie lächelnd die Hand reichte.

»Ich freue mich, Sie kennenzulernen, Fräulein Falkner. Bitte, nehmen Sie Platz«, sagte sie, auch Busso einen Sessel anbietend.

Der Hausherr hatte Daniela beobachtet, und sie gefiel ihm ungemein. Ihr sicheres Auftreten und ihr elegantes Äußere machten ihm Eindruck. Er hatte ja für alles Vornehme eine große Vorliebe. Aber er ließ es sich nicht anmerken, daß ihm etwas imponierte, sondern behielt den jovialen Ton bei, hinter dem sich seine gesellschaftliche Unsicherheit versteckte. Ohne Zögern ging er auf den Kernpunkt der Angelegenheit los.

»Also, Ihr Herr Bruder hat Ihnen gesagt, daß wir eine Gesellschafterin für meine Tochter suchen?«

Daniela neigte den Kopf. »Ja, Herr Direktor, mein Bruder sprach mir davon.» Um Danielas Mund zuckte es. Aber sie sah zugleich Kätes Augen bittend auf sich gerichtet, und das machte die etwas formlose Art des Vaters wieder gut.

»Ich bin gekommen, Herr Direktor, weil mein Bruder mir sagte, daß Sie mich zu sehen wünschten. Ich bin frei und würde gern wieder in eine Position gehen, wo ich Familienanschluß finde.«

Direktor Herder ließ sich in seinem Verhör nicht stören. »Hm. Sie waren früher bei einer Baronin in Stellung?«

»Bei Frau Baronin von Berken, und zwar vier Jahre.«

»Und weshalb gaben Sie diese Stellung auf?«

»Die Frau Baronin kam durch veränderte Verhältnisse in eine Lage, die ihr nicht mehr gestattete, mich zu halten. Sie empfahl mich ihrer Freundin, Frau Lentikoff, die mich engagierte. Ich war mit ihr in England, Paris und Nizza. Hier sind meine Zeugnisse, wenn Sie sich informieren wollen.«

Er las sie durch, während Frau Herder sich mit den Geschwistern unterhielt.

Als Herder die Zeugnisse durchgesehen hatte, sagte er ziemlich derb:

»Nun, Sie werden ja in diesen Zeugnissen über den grünen Klee gelobt. Was man einem Menschen Gutes nachsagen kann, steht darin. Ich persönlich habe also durchaus nichts dagegen, daß Sie die Stellung in meinem Haus antreten. Wir werden viel Geselligkeit haben und nur vornehme Leute bei uns sehen. Da muß alles den rechten Schick haben, verstehen Sie? Wie ist es denn mit dir, Käte? Gefällt dir Fräulein Falkner?«

Käte war ein wenig rot geworden. Sie hatte unsicher Busso angeblickt, als müsse sie sich überzeugen, wie er über ihres Vaters Verhalten dachte. Und als sie merkte, daß er unbefangen aussah, atmete sie auf. Sie hatte gefürchtet, daß das Verhör ihres Vaters mit seiner Schwester seinen Zorn erregen würde.

Freimütig sagte sie nun zu Daniela: »Sie waren mir auf den ersten Blick sympathisch, Fräulein Falkner. Aber für ein Verhältnis, wie es zwischen uns bestehen soll, ist es nötig, daß sich beide Teile sympathisch gegenüberstehen. Wenn es Ihnen recht ist, begleiten Sie mich auf mein Zimmer, damit wir erst einmal Fühlung miteinander nehmen können. Mein Vater hat mit Ihrem Herrn Bruder, wie ich weiß, noch Geschäftliches zu erledigen. Es ist dir doch so recht, Vater?«

»Selbstverständlich. Du kannst ja Fräulein Falkner mal im Hause umherführen, damit sie sieht, daß es bei uns an nichts fehlt. Sie ist es sicher sehr vornehm gewöhnt.«

Käte nickte ihrem Vater freundlich zu, obgleich ihr wieder die Röte ins Gesicht schoß, küßte die Mutter auf die Wange und sagte zu ihr: »Du wartest hier auf uns, Muttchen?«

Frau Herder nickte freundlich und sah mit einem zärtlichen Blick zu ihrer Tochter auf.

Käte wandte sich an Daniela. »Darf ich bitten?«

Sie ging voran. Aber sie führte Daniela nicht durchs Haus, sondern direkt in ihre Zimmer. Hier bot sie Daniela einen Sessel an und ließ sich ihr gegenüber nieder.

»Ich wollte gern einige Worte allein mit Ihnen sprechen, Fräulein Falkner. Sie haben natürlich sofort gemerkt, daß meine Eltern einfache Leute sind. Es wird Ihnen manches an ihnen unverständlich erscheinen. Sie haben eine gute Kinderstube gehabt und sind in vornehmen Kreisen zu Hause gewesen. Vater hat als schlichter Handwerker seine Laufbahn begonnen, und meine Mutter hat in ihrer Jugend hart arbeiten müssen – am Herd und am Waschfaß. Sie ist auch als die Frau eines reichen Mannes mein schlichtes, einfaches Muttchen geblieben und wird es auch immer bleiben. Mein Vater hat gearbeitet und immer nur gearbeitet, um vorwärtszukommen und ein sehr großes Vermögen zu gewinnen. Mir haben meine Eltern eine gute Erziehung zuteil werden lassen. Ich sollte es in allen Dingen besser haben als sie; danach hat hauptsächlich Vater gestrebt, der immer eine große Vorliebe und Bewunderung für alles Vornehme hegte. Ich bin meinen Eltern dankbar und liebe sie sehr. Deshalb muß ich Ihnen sagen, Fräulein Falkner, daß ich, so gern ich Sie bei mir haben möchte, verzichten müßte, wenn Sie meinen Eltern nicht Hochachtung entgegenbringen. Ich könnte es einfach nicht ertragen, wenn Sie sich über ihre kleinen gesellschaftlichen Mängel mokieren würden.«

Impulsiv reichte nun Daniela Käte die Hand. »Vor allen Dingen verdient die Art, wie Sie von Ihren Eltern sprechen, Hochachtung. Glauben Sie mir, daß ich die Menschen nicht nur danach einschätze, wie sie die gesellschaftlichen Formen beherrschen. Ich hörte von meinem Bruder schon viel Rühmenswertes über Ihre Eltern.«

»So hat Ihr Bruder Ihnen Gutes über die Meinen berichtet?« fragte Käte.

»Ja, er nannte Ihren Vater ein Genie in geschäftlichen Dingen und Ihre Mutter eine Frau, die den Mut habe, auch in glänzenden Verhältnissen ihre Persönlichkeit zu wahren. Und was er über Sie sagte, nun, ich will das hier nicht wiederholen; nur, daß er mir nicht zuviel gesagt hat, möchte ich betonen.«

Schweigend blickte Käte eine Weile vor sich hin, dann zu Daniela hinüber. »Sie haben die gleichen Augen wie Ihr Bruder, Fräulein Falkner, und ich fand, daß er ehrliche Augen hat. Es freut mich zu hören, daß er gut von meinen Eltern gesprochen hat. Mein Vater möchte sein Leben dadurch krönen, seine Tochter mit einem vornehmen Mann verheiratet zu sehen – mit einem Mann von Adel. In diesem Punkt gehen unsere Meinungen freilich auseinander. Einen liebenswerten Menschen möchte ich allerdings zum Mann haben, aber welchem Stand er angehört, wäre mir gleich. So werde ich meinem Vater vielleicht einmal nicht gehorsam sein können. Aber trotzdem will ich nicht, daß seine kleine Schwäche herzlos bekrittelt wird. Ich hoffe, Sie verstehen mich und kommen gern zu uns.«

»Von Herzen gern, nachdem ich Sie kennengelernt habe.«

Inzwischen hatte sich der Hausherr mit Busso Falkner in sein Arbeitszimmer zurückgezogen.

»Wir wollen nun noch ein letztes Wort über Ihre Erfindung sprechen. Die Sache mit dem Patentamt ist perfekt.

Ihre Erfindung ist für unsere Firma geschützt. Wir müssen nur noch über Ihre Forderung reden. Wie haben Sie sich die gedacht?«

»Ich möchte es Ihnen überlassen, Herr Direktor, mir ein Angebot zu machen. Sie sind ein vorzüglicher Geschäftsmann. Ich möchte auch einer werden, und deshalb bitte ich Sie, zu sagen, was meine Erfindung wert ist.«

»Sieh, sieh! Also, Sie wollen auch ein guter Geschäftsmann werden?«

»Ich möchte bei Ihnen in die Schule gehen, Herr Direktor.«

»Na, gut, weil ich eine Schwäche für Sie habe, Herr Doktor, will ich mal von meiner Regel abgehen und Ihnen ein Angebot machen. Also: ich zahle Ihnen zweihunderttausend Mark für Ihre Erfindung, die dann mit allen Rechten auf mich übergeht.«

Bussos Gesicht verriet nicht seine große Freude. Er zeigte sich wirklich als ein guter und kluger Geschäftsmann und sagte sich, wenn ein Mann wie Direktor Herder ihm diese Summe bot, dann müsse er seine Erfindung weit höher einschätzen.

»Das ist für einen armen Schlucker, wie ich es vorläufig noch bin, eine schwere Versuchung, Herr Direktor. Ich weiß, daß meine Erfindung Ihnen einen großen Gewinn bringen wird, weiß aber nicht, ob mir das Schicksal noch einmal eine so günstige Chance bietet. Und deshalb muß ich diese Chance ausnützen und sagen: Ihr Angebot ist mir zu niedrig.«

Der Direktor wippte auf den Fußspitzen. »Na, erlauben Sie mal, mein lieber Doktor! Ich denke, daß ich Ihnen ein ganz hübches Sümmchen geboten habe.«

Busso zuckte die Schultern. »Es ist zu wenig, wenn ich damit für allezeit abgefunden werden soll.«

»Na, dann schießen Sie mal los! Was stellen Sie für Ansprüche?«

Busso atmete tief auf und sah den Direktor fest an. »Ich akzeptiere die Summe, die Sie mir bieten, als erste Abgeltung. Aber darüber hinaus möchte ich am Reingewinn beteiligt sein – sagen wir, mit zehn Prozent.«

Direktor Herder fuhr auf. »Ausgeschlossen, mein lieber Doktor! Wo denken Sie hin? Das kann ja ins Enorme gehen!«

»Hoffentlich, Herr Direktor. Ich habe nichts dagegen, daß Sie einen enormen Reingewinn erzielen; nur will ich auch daran teilhaben.«

Direktor Herder ging einige Male hin und her. Dann blieb er vor Busso stehen. »Und wenn Ihre Erfindung uns keinen großen Nutzen bringt?«

»Wenn Sie nicht ebenso fest wie ich davon überzeugt wären, daß sie einen großen Gewinn bringt, dann hätten Sie mir nicht zweihunderttausend Mark geboten.«

Der Direktor lachte auf. »Sie sind ja ein ganz gerissener Geschäftsmann. Von Ihnen kann man noch lernen.«

»Sie nicht, Herr Direktor. Ein kaufmännisches Genie wie Sie kann von einem Anfänger nichts lernen. Aber ich habe von Ihnen schon mancherlei gelernt, seitdem ich die Ehre habe, mit Ihnen zu arbeiten. Ich habe mir gesagt: Wenn du im Leben vorwärtskommen willst, lerne von deinem Chef.«

Eine Weile ging Herder noch hin und her, blieb dann wieder vor Busso stehen, sah ihn schweigend an. Alle Jovialität war verschwunden, und seine Augen blickten fest und bestimmt.

»Also – nun auch mein letztes Wort: Zweihunderttausend Mark sogleich und fünf Prozent vom Reingewinn. Darüber hinaus keinen Pfennig mehr. Wenn Ihre Erfindung für unser Unternehmen lukrativ werden soll, darf ich sie nicht höher belasten.«

»Einverstanden, Herr Direktor.«

Dieser stutzte. »Nanu? So schnell überlegt?«

Busso lächelte. »Ich habe von Anfang an nicht mehr als fünf Prozent haben wollen, denn ich kann mir auch ausrechnen, wie stark eine solche Sache belastet werden darf. Aber wenn ich gleich nur fünf Prozent verlangt hätte, so hätten Sie mir nur die Hälfte geboten.«

Herder lachte laut auf. »Donnerwetter! Und ich habe Sie für einen Neuling gehalten! Sie sind mir ja über, mein lieber Doktor. Aber es imponiert mir, Sie sind ein tüchtiger Kerl. Aber ein bißchen haben Sie mich doch falsch eingeschätzt. Ich wollte nur sehen, wie Sie sich als Geschäftsmann anstellten. Und im übrigen: Sie sollen auch verdienen. Leben und leben lassen, das ist immer mein Wahlspruch gewesen. Und ich glaube, Ihre Erfindung wird einen großen Gewinn abwerfen. Die Sache hat Hand und Fuß. Sie sind ein tüchtiger Mensch, meine Hochachtung! Ihr Freund Kolniko, der ist auch ein Prachtkerl und ein kluger Kopf! Aber von dem hätte ich die Erfindung billiger bekommen.«

»Stefan Kolniko ist kein Geschäftsmann, Herr Direktor, aber ein sehr vornehmer Mensch und müßte Ihnen eigentlich schon deshalb besonders gefallen.«

»Tut er auch. Wissen Sie, wenn er mich so ansieht, werde ich immer ein bißchen nervös und denke mir, daß ich wohl eine gesellschaftliche Dummheit gemacht habe. Er könnte sehr wohl ein Aristokrat sein.«

»Ja, den Eindruck macht er unbedingt, jedenfalls ist er in seinem Denken und Empfinden ein Adelsmensch.«

»Sehen Sie, so sehr ich alles, was vornehm ist, liebe, im Geschäft kann man das nicht brauchen. Sie werden es schon zu etwas bringen; denn zu aller Tüchtigkeit haben Sie auch noch etwas von Ihren Eltern mit auf den Weg gekriegt, was die meinen mir nicht geben konnten, eine gute Erziehung. Die holt sich verteufelt schwer nach. Meine Tochter wird hoffentlich inzwischen mit Ihrer Schwester ins reine gekommen sein. Übrigens ein famoses Mädel, Ihre Schwester: vornehm, elegant, sie gefällt mir. Daß sie schön ist, tut nichts. Meine Käte kann sich neben ihr auch sehen lassen. Sie brauchen nicht bange um sie zu sein, sie soll es gut haben bei uns.«

»Davon bin ich überzeugt, Herr Direktor.«

»Na schön! Dann kommen Sie.« Direktor Herder ging mit Falkner wieder in das Wohnzimmer. Er sah von der Seite wohlgefällig zu dem jungen Mann empor und dachte: Ein patenter Kerl! Schade, daß er keinen vornehmen Titel hat. Dann könnte er mir als Schwiegersohn gefallen. Aber meine Tochter soll höher hinauf. Unter einem Grafen oder Baron tue ich es nicht, wenn auch jetzt die ganze Adelsherrlichkeit nicht mehr viel bedeutet. Ich kann es mir leisten, dafür habe ich gearbeitet.

Als sie ins Wohnzimmer traten, sahen sie Käte und Daniela bei der Hausfrau sitzen. Diese hielt Danielas Hand in der ihren und sagte gerade: »Dann sollen Sie uns herzlich willkommen sein, Fräulein Falkner. Wen meine Käte gern hat, der verdient es auch.«

»Nun? Alles in Ordnung?«

»Ja, Vater. Fräulein Falkner kann schon morgen zu uns übersiedeln.«

Dabei sah Käte mit ihren schönen blauen Augen zu Busso auf, als wollte sie fragen: »Ist es dir recht so?«

Direktor Herder wandte sich an Daniela. »Haben Sie mit meiner Tochter schon über die Gehaltsfrage gesprochen?«

»Nein, Herr Direktor«, erwiderte diese, und Käte fügte hinzu:

»Daran habe ich noch gar nicht gedacht, Vater.«

»Natürlich, die Hauptsache hast du vergessen, Käte! Also, welche Forderung stellen Sie, Fräulein Falkner?«

»Bitte, bestimmen Sie, Herr Direktor.«

Er lachte. »Aha, Sie machen es wie Ihr Bruder. Der hat mich schön reingelegt.«

Erschrocken sah Käte in Bussos Gesicht.

»Ihr Herr Vater scherzt nur, gnädiges Fräulein«, beruhigte er sie.

»Nun, haben Sie nicht ein feines Geschäft abgeschlossen?« schmunzelte Direktor Herder.

»Ich bin sehr zufrieden, Herr Direktor.«

»Sind die Verhandlungen über Ihre Erfindung perfekt geworden, Herr Doktor?« fragte Käte und sah ihn mit einem lieben Blick an.

»Ja, gnädiges Fräulein. Ich wäre damit in die angenehme Lage versetzt, für meine Schwester sorgen zu können; aber ich weiß, daß sie lieber auf eigenen Füßen steht.«

»Unbedingt, Busso. Ich danke dir für deinen guten Willen und gratuliere dir zum Abschluß deiner Geschäfte.«

»Ich danke dir. Weil ich Herrn Direktor vorhin das erste Angebot machen ließ, will ich es jetzt für dich tun. Ich schlage vor, Herr Direktor zahlt dir dasselbe wie Frau Lentikoff.«

»Angenommen, Herr Doktor. Also bitte, Fräulein Falkner, was bezogen Sie früher?«

Daniela nannte die Summe, die ohne weiteres bewilligt wurde.

Man besprach noch, daß Daniela am nächsten Nachmittag mit ihrem Gepäck von der Pension abgeholt werden sollte. Dann verabschiedeten sich die Geschwister.

Käte und Daniela reichten sich die Hand und sahen sich lächelnd an. Busso merkte daraus, daß sie im besten Einvernehmen waren.

X

Als die Geschwister Villa Herder verlassen hatten, mußte Busso zuerst von seinem Erfolg berichten. Daniela wünschte ihm noch einmal von ganzem Herzen Glück. Dann sprachen sie von der Familie Herder.

»Wie gefällt dir Fräulein Käte, Daniela?«

»Sehr, sehr gut«, erwiderte Daniela und erzählte ihm, was Käte mit ihr besprochen hatte. »Glaube mir, Busso, als sie mir von ihren Eltern sprach, so schlicht und doch herzlich, hatte ich sie gleich lieb. Und ich habe nachher die ungeschickte Art ihres Vaters leicht ertragen. Seine Gattin ist eine gute Frau, in ihrer Schlichtheit liebenswert.«

»So nimmst du also die Stellung gern an?«

»Ja, Busso, sehr gern. Es wird mir guttun, mit einem jungen Menschen zusammenzusein. Seit Jahren hatte ich keine andere Gesellschaft als alte Damen. Ich möchte gern einmal wieder lachen und fühlen, daß ich jung bin.«

»Das glaube ich dir. Und versuchen kannst du es jedenfalls, wie es dir im Herderschen Hause gefallen wird. Sagt dir die Stellung nicht zu, so findet sich schon ein Vorwand, sie aufzugeben. Ich bin ja jetzt gottlob in der Lage, etwas für dich tun zu können.«

»Wenn ich nicht selbst für mich sorgen kann, nehme ich ohne Skrupel deine Hilfe an. Ich weiß, du bietest sie mir gern. Aber solange ich selbst mein Brot verdienen kann, will ich es tun. Übrigens habe ich Fräulein Herder offen gesagt, weshalb ich meine Stellung bei Frau Lentikoff verloren habe.«

»Und was meinte sie dazu?«

»Ich solle es mir nicht zu sehr zu Herzen nehmen, es sei ein unglücklicher Zufall, daß der Koffer gestohlen wurde, als er mir anvertraut war. Er wäre sicherlich auch gestohlen worden, wenn Frau Lentikoff ihn selbst behütet hätte. Sie war sehr lieb und verständnisvoll. Du hast recht, wenn du sagst, daß sie ein lieber Mensch ist.«

»Ja, Daniela, das ist sie gewiß! Ich freue mich, daß du das bestätigst.«

Sie legte die Hand auf seinen Arm. »Busso – wenn du von Käte Herder sprichst, klingt es, als sei dein Herz dabei.«

Er atmete tief auf. »Ja, Daniela, es ist auch so.«

Besorgt sah sie zu ihm auf. »Was soll daraus werden?«

»Ich weiß es nicht, weil ich noch nicht genau weiß, wie sie mir gegenübersteht. Wir kennen uns ja noch nicht sehr lange.«

Ein Lächeln huschte nun über Danielas Gesicht. »Soviel ich beurteilen kann, bist du ihr nicht gleichgültig.«

»Meinst du? Woraus schließt du das?«

»Ich sah, daß sie wiederholt unter deinem Blick errötete und daß ihre Augen dich immer wieder suchten. Als ich ihr sagte, daß du eine gute Meinung von ihren Eltern habest, freute sie sich. Es machte sie anscheinend glücklich.«

»Wenn du doch recht hättest, Daniela! Hauptsächlich ihretwegen freut mich mein Erfolg. So werde ich doch nicht mit ganz leeren Händen vor ihr stehen, wenn ich sie eines Tages frage, ob sie meine Frau werden will.«

»Busso! So weit denkst du schon?«

Ein tiefer Atemzug hob seine Brust. »Ja, ja – ich liebe sie, grenzenlos!«

»Aber ihr Vater will doch einen vornehmen Mann für sie haben, einen von Adel, mit einem Titel.«

»Unter einem Grafen oder Baron tut er es nicht, ich weiß«, lachte Busso hart auf. »Aber wenn sie mich liebt, wie ich hoffe und wünsche, dann wird sie doch mir angehören.«

Nun mußte Daniela lächeln. »Das glaube ich freilich

auch. Sie sagte mir, daß in diesem Punkt ihr Vater nichts bei ihr erreichen werde. Sie werde nur einen Mann heiraten, den sie liebe.«

Erregt drückte Busso ihren Arm. »Siehst du wohl! Ich gebe meine Sache durchaus nicht verloren.«

»Und ich will dir wünschen, daß du sie gewinnst. Nicht, weil sie eines reichen Mannes Tochter ist, sondern weil sie ein feiner, ehrlicher Mensch ist.«

Er blieb plötzlich vor ihr stehen. »Daniela, du wirst jetzt täglich in ihrer Nähe sein; ich hoffe, das wird mir helfen, sie noch öfter als sonst zu sehen. Und du mußt mir sagen, wie sie von mir spricht.«

Daniela nickte lächelnd. »Ja doch! Und da will ich dir gleich verraten, daß sie ganz genau weiß, was du für Augen hast; ein Zeichen, daß sie schon oft hineingesehen hat. Sie sagte, ich hätte die gleichen Augen wie du. Verlaß dich auf mich, Busso; wenn ich merke, daß sie dich liebt, will ich versuchen, euch zu helfen. Ich glaube, von der Mutter brauchtest du nichts zu fürchten, sie scheint dich sehr gern zu haben und spricht gut von dir.«

Er nickte lächelnd. »Ich weiß, die Mutter würde auf meiner Seite stehen. Sie will nichts als das Glück ihres Kindes. Und der Vater? Er hat mich gern, schließlich ist er kein Unmensch, und er liebt seine Tochter. Wenn man ihn überzeugen kann, daß er sie unglücklich machen würde mit einer Heirat nach seinem Sinn, wird er wohl vernünftig sein. Jedenfalls gestehe ich dir offen ein, daß ich sehr froh bin über dein Engagement im Herderschen Haus, weil du nun bei Käte sein kannst. Stefan wird freilich gar nicht erbaut sein, daß ich es, obwohl sich meine Verhältnisse gebessert haben, zulasse, daß du dich wieder in eine abhängige Stellung begibst.«

»Freund Stefan wird sich aber darein fügen müssen. Es ist sehr schön von ihm, daß er Frauen gegenüber eine so ritterliche Art hat. Aber immerhin muß er einsehen, daß ich nicht die Hände in den Schoß legen und dich für mich sorgen lassen kann. Heutzutage ist nur der Mensch etwas wert, der für sich selbst einsteht.«

»Ich kann dich verstehen, aber ich verstehe auch Stefan. Er möchte dich vor allen Rauheiten des Lebens bewahren. Du ahnst nicht, mit wieviel Teilnahme er dein Schicksal verfolgt hat.«

Sie atmete erregt. »Er tat es aus Freundschaft für dich.«

»Einesteils; aber du selbst nötigst ihm auch ein großes Interesse ab. Schon dein Bild hatte es ihm angetan. Oft traf ich ihn an, wenn er es in der Hand hielt.«

Daniela wurde glühend rot, griff aber rasch ein anderes Thema auf und verriet sich damit dem Bruder mehr, als sie ahnte.

In der Pension wurden sie voll Ungeduld von Stefan erwartet. Busso berichtete zuerst von seinem geschäftlichen Erfolg, und Stefan beglückwünschte den Freund von ganzem Herzen.

Aber als er dann hörte, daß Daniela die Stellung bei Fräulein Käte Herder angenommen hatte, wurde er ärgerlich. »Du hättest das nicht leiden sollen, Busso!« sagte er vorwurfsvoll.

»Ich hätte es trotzdem getan, Herr Kolniko.«

»Sie passen nicht in das Haus!«

Ernst und groß sah ihn Daniela an. »Glauben Sie mir, ich werde bei diesen ehrlichen Leuten besser aufgehoben sein als in manchem vornehmen Haus.«

Er faßte ihre Hand. »Nicht böse sein! Ich hatte es mir so schön gedacht, daß Sie bei uns bleiben.«

»Ich werde sehr oft nachsehen kommen, ob Sie beide bei Christine gut untergebracht sind. Zuweilen lade ich mich an Sonntagnachmittagen zum Tee bei Ihnen ein. Und dann hoffe ich, Sie auch im Herderschen Hause zu sehen. Ich hörte heute, daß in nächster Zeit eine große

Festlichkeit stattfindet und daß dazu auch an Sie und meinen Bruder Einladungen ergehen sollen. Anscheinend haben Sie beide Gnade vor Direktor Herders Augen gefunden.«

Stefan sagte nun lächelnd: »Ich hätte nie geglaubt, daß ich mich über eine Einladung in das Herdersche Haus freuen würde. Nun tue ich es doch, weil Sie dort sein werden. Und daß Sie Busso und mich zuweilen besuchen wollen, ist sehr lieb von Ihnen.«

»Ich schlage vor, daß wir gleich nach Tisch Christine aufsuchen. Sie können sich die Wohnung ansehen und alles Nötige mit ihr besprechen. Ich möchte gern dabeisein. Und morgen nachmittag siedle ich in das Herdersche Haus über.«

»Schon so bald? Kaum sind Sie gekommen, gehen Sie schon wieder fort!«

»Ich gehe ja nicht weit.«

»Gott sei Dank!«

Verwirrt entzog sie ihm die Hand.

Nach dem Essen machten die Geschwister sich mit Stefan auf den Weg zu Christine.

Die alte Christine freute sich sehr. Die beiden jungen Herren gefielen ihr gut. Mit Besitzerstolz führte sie sie durch ihr kleines Reich und pries die Güte ihrer verstorbenen Herrin, die ihr durch ihr Testament ein ruhiges Alter gesichert hatte.

In einem der Zimmer hing eine große Fotografie der Baronin Berken aus früheren Jahren. Als Stefan das Bild erblickte, sah er es lange an. Seine Augen bekamen einen Ausdruck, als schaue er in eine weite Ferne.

»Das ist Baronin von Berken in der Zeit, ehe sie Witwe wurde«, sagte Daniela an seiner Seite.

Er nickte. »Ich weiß es. Ich habe das Bild sogleich erkannt.«

»So kannten Sie die Baronin persönlich?« fragte sie.

»Aus fernen, glücklichen Zeiten, als meine Eltern noch lebten«, sagte er, schwer und düster.

Fragend und teilnahmsvoll sah sie ihn an. »Tut es Ihnen weh, daran erinnert zu werden?«

Da faßte er ihre Hand, drückte sie an seine Augen. »Nicht mehr – jetzt nicht mehr«, sagte er und sah sie strahlend an.

Sie mußte in diesem Augenblick wieder nachsinnen, an wen sie seine Augen erinnerten. Aber sie wurde abgelenkt.

Christine wollte wissen, wie die beiden jungen Herren sich in die Zimmer zu teilen gedächten und was an der Einrichtung verändert werden müsse. Sie kamen überein, sie wollten die beiden kleinsten Räume als Schlafzimmer nehmen. Das Wohnzimmer wollten sie gemeinsam benutzen und das Speisezimmer ebenfalls. So brauchte nicht viel geändert zu werden.

Busso fragte Christine nach ihren Forderungen. Sie sah hilflos auf Daniela.

»Was soll ich denn verlangen, Fräulein Daniela? Ich möchte die Herren nicht überteuern. Bitte, raten Sie mir ein bißchen!«

Daniela überlegte und sagte dann: »Ich denke, die Herren zahlen Ihnen für Wohnung und Verpflegung einen angemessenen Pensionspreis.«

Damit waren sie einverstanden, und Christine erschrak beinahe, als sie hörte, welche Summe sie monatlich bekommen sollte. Sie meinte, es sei zuviel, aber Daniela sagte:

»Sie müssen doch auch Ihre Arbeit bezahlt bekommen, Christine. Soviel müssen Sie profitieren, daß für Sie selbst freie Wohnung und Verpflegung herauskommt.«

Es wurde verabredet, daß die Herren schon in der nächsten Woche einziehen sollten.

Nach dem Abendessen saßen die Geschwister und Stefan Kolniko noch lange in Bussos Zimmer beisammen. Die Herren erzählten von Stockholm und Daniela von ihren Reisen mit Frau Lentikoff. Sie schilderte das reizende Cottage und das herrliche Schloß Castlereagh in seiner traurigen Verlassenheit. Sie sprach davon, daß der letzte Erbe von Castlereagh in London in einer engen Mietwohnung hause und sich nicht einmal täglich ein warmes Mittagessen leisten könne.

»Ich habe immer an diesen Ärmsten denken müssen, wenn ich das stolze Schloß sah. Wie qualvoll muß es für einen Menschen aus dieser Sphäre sein, wenn er die Not des Lebens kennenlernen muß!«

Stefan Kolniko sah sie an. »Wenn der Mann ahnte, daß Sie seiner so mitleidig gedenken, würde es ihm sehr wohl tun. Es ist nicht leicht, aus der Sonne in das dunkle Nichts gestoßen zu werden. Man muß die Zähne zusammenbeißen und darf nicht rückwärts schauen.«

»Sie sprechen, als könnten Sie sich genau in seine Lage versetzen.«

Stefan fuhr sich über die Stirn. »Vielleicht kann ich es. Nun – wir wollen lieber von erfreulicheren Dingen reden.«

Daniela aber war durch ihre Erzählung wieder an Frau Lentikoff erinnert worden, die gewiß in tiefster Verzweiflung war. Oder hatte sie ihr geraubtes Eigentum zurückerhalten? Daniela kam nicht mehr von diesem Gedanken los und verabschiedete sich von den beiden, um ihr Zimmer aufzusuchen.

»Wenn aus Nizza ein Brief an mich unter deiner Adresse ankommt, Busso, dann bringst du ihn mir bitte so schnell wie möglich!« bat sie.

Busso streichelte über ihr Haar. »Denkst du schon wieder an die leidige Geschichte mit dem verschwundenen Koffer?«

»Ich komme nicht davon los, Busso, weil ich weiß, wie unsagbar Frau Lentikoff unter diesem Verlust leidet.«

»Aber du kannst doch nichts dafür.«

»Ach, Busso, darauf kommt es ja nicht an. Es quält mich, daß die Ärmste so leiden muß.«

»Enthielt denn der Koffer so Unersetzliches für diese Frau Lentikoff?« fragte Stefan.

»Das einzige Bild ihres verstorbenen Sohnes, Herr Kolniko. Aber nun gute Nacht, es ist spät geworden.«

Damit reichte sie ihm die Hand und verabschiedete sich herzlich von dem Bruder.

»Werde ich Sie morgen noch sehen?« fragte Stefan, ehe sie das Zimmer verließ.

»Wir frühstücken doch zusammen, und zum Mittagessen bin ich auch hier.«

»Also brauchen wir noch nicht Abschied zu nehmen.«

»Das tun wir überhaupt nicht. Wir können uns ganz gewiß oft sehen.«

Busso und Stefan blieben, nachdem Daniela gegangen war, noch beisammen. Schweigend saßen sie einander gegenüber. Stefan starrte vor sich hin, den Kopf in die Hand gestützt.

»Weshalb blickst du so düster, Stefan?« fragte Busso nach einer Weile.

»Ich dachte an das, was ich verloren habe, Busso. Nie ist es mir so schwer auf die Seele gefallen, wie arm ich geworden bin, als jetzt, seit ich deine Schwester kenne.«

»Was hat das mit meiner Schwester zu tun?«

Stefan beugte sich vor und faßte des Freundes Hand. »Busso, ich liebe deine Schwester. Wenn ich reich wäre wie einst, so könnte ich sie fragen, ob sie meine Frau werden will. Ich brauchte nicht zuzulassen, daß sie in das Haus dieses Emporkömmlings geht und abhängig ist. Tatenlos muß ich zusehen – und darf sie nicht einmal fragen, ob sie meine Liebe erwidert!«

Busso drückte seine Hand fest und warm. »Noch ist es wohl nicht an der Zeit, eine solche Frage zu stellen, Stefan. Daniela muß sich erst klar werden über ihre Empfindungen für dich.«

»Sie hat mich so lieb angesehen. Wenn ich denke, wie lange es dauern wird, bis ich in der Lage bin, einer Frau ein bescheidenes Heim zu bieten, dann packt mich der Zorn, daß ich so arm geworden bin. Meinetwegen habe ich es längst verwunden, aber ihretwegen quält es mich von neuem.«

»Stefan, wenn du in deinen früheren Verhältnissen geblieben wärest, hättest du Daniela, falls du sie kennengelernt hättest, noch weniger heiraten können als jetzt.«

»Oh, ich hätte allem getrotzt, um sie mir zu erringen.«

Busso lächelte. »Das kannst du jetzt auch tun. Habe nur ein wenig Geduld und werde dir erst klar, ob es wirklich die echte, rechte Liebe ist, die du für meine Schwester empfindest – und ob sie deine Gefühle erwidert. Ich sehe den Fall gar nicht so hoffnungslos an, denn schließlich bin ich ja auch noch da und seit heute in der glücklichen Lage, daß ich meine Schwester ausstatten kann, wenn auch in bescheidenem Maß. Zu einem schlichten, gemütlichen Heim wird es schon reichen. Und für das übrige sorgst du dann.«

Stefan sprang erregt auf und faßte des Freundes Schultern. »Du würdest mir also nicht verbieten, mich um Daniela zu bewerben?«

Lächelnd schüttelte Busso den Kopf. »Nein, mein guter Stefan; die Frau, die dich zum Mann bekommt, kann sich glücklich schätzen. Warum sollte ich meiner Schwester dies Glück nicht gönnen?«

Stefan breitete seine Arme aus, seine Augen glänzten. »Ich hätte nicht geglaubt, Busso, daß ich noch einmal so sehnsüchtig nach einem Glück sein könnte. Über Danielas Anblick vergesse ich alles, was hinter mir liegt, auch die stumpfen, dumpfen Jahre der Erniedrigung.«

»Mein guter Stefan, möge meine Schwester dir helfen, das Leben wieder liebzugewinnen!«

»Ich danke dir, Busso. Heute hast du mir den höchsten Beweis deiner Freundschaft gegeben.«

Sie sahen sich an und nickten sich zu.

Busso erzählte nun Stefan ausführlich von seiner geschäftlichen Unterredung mit Direktor Herder. Stefan wollte sich entrüsten über Herders formlose Art, aber Busso hob abwehrend die Hand.

»Bemühe dich doch, diesem Mann gerecht zu werden, Stefan. Er ist wirklich kein unangenehmer Emporkömmling. Es fehlt ihm die gute Kinderstube, die wir beide gehabt haben. Das ist uns nicht als Verdienst, ihm nicht als Vergehen anzurechnen. Immerhin ist er bewundernswert wegen seiner enormen Tüchtigkeit. Bedenke, was er in seinem Leben geleistet hat und wie er so sicher an der Spitze eines solchen Riesenunternehmens steht. Das soll ihm erst einmal einer nachmachen!«

»Du hast recht. Von der Seite habe ich es noch nicht betrachtet. Also, ich werde ihm von jetzt an Gerechtigkeit widerfahren lassen.«

»Du tust recht daran, zumal er eine sehr gute Meinung von dir hat.«

»Die ich also von jetzt an zu verdienen suchen werde. Aber ich denke, nun ist es auch für uns Zeit, schlafen zu gehen. Es ist spät geworden. Gute Nacht, Busso. Und nochmals herzlichen Dank für deine Freundschaft!«

»Gute Nacht, Stefan. Dank ist zwischen uns überflüssig.«

Am anderen Morgen blieb Daniela wenig Zeit, ihren Gedanken nachzuhängen. Sie frühstückte mit den beiden Herren, und als diese gegangen waren, packte sie ihre Sachen. Als sie aber damit fertig war, dachte sie an Frau Lentikoff, und es drängte sie, ihr einige Worte zu schreiben.

Das tat sie auch im Impuls ihres Mitleidens:

»Hochverehrte gnädige Frau! Immer muß ich daran denken, welcher Verlust Sie durch meine Unachtsamkeit getroffen hat. Ich sehne mich danach, Ihre Verzeihung zu erhalten. Es war nur die Sorge um Ihre Gesundheit, die mich nötigte, das mir anvertraute Gut für wenige Minuten aus den Augen zu lassen. Es bedrückt mich zu wissen, wie sehr Sie unter diesem für Sie unersetzlichen Verlust leiden, und fühle Ihnen nach, was es für Sie bedeutet. Immer wieder bete ich darum, der Himmel möge Ihnen Ihr Kleinod wiederschenken, und ich bitte Sie sehr, mir sofort zu schreiben, falls dies geschehen sollte. Von ganzem Herzen bitte ich Sie nochmals um Verzeihung. Glauben Sie mir doch, daß ich nicht aus Leichtsinn gefehlt habe, sondern nur aus Sorge um Sie. Für ein einziges Wort der Verzeihung wäre ich Ihnen zu großem Dank verpflichtet.

Ich küsse Ihnen ehrerbietig Ihre lieben Hände und grüße Sie als Ihre Sie hochverehrende und dankbare

Daniela Falkner.«

Nachdem Daniela diesen Brief zum Postkasten getragen hatte, kam sie zur rechten Zeit zurück, um mit Busso und Stefan essen zu können.

Gerade als die beiden sich nach dem Essen von ihr verabschieden wollten, fuhr unten das Auto Direktor Herders vor.

Sie begleiteten Daniela zum Wagen.

»Auf Wiedersehen, Fräulein Daniela.«

»Auf Wiedersehen, Herr Kolniko. Auf Wiedersehen, Busso!«

Dann fuhr der Wagen davon.

In der Villa Herder wurde Daniela freundlich willkommen geheißen. Käte führte sie selbst in die für sie bestimmten Zimmer, die im zweiten Stock lagen und einen hübschen Ausblick über den großen Garten boten.

»Die Zimmer sind klein, aber Sie haben ein Fleckchen, wohin Sie sich ungestört zurückziehen können. Ich habe mir dieses zweite Zimmer von Mutter für Sie ausgebeten«, sagte Käte freundlich.

»Ich danke Ihnen herzlich, gnädiges Fräulein.«

»Da ist nichts zu danken. Aber eine Bitte habe ich: mit formellen Anreden wollen wir uns gegenseitig nicht quälen. Bitte, nennen Sie mich einfach Fräulein Käte, und ich werde Sie Fräulein Daniela nennen. Da wir Hausgenossen sind, ist das behaglicher. Ich lasse Sie jetzt allein, damit Sie sich wohnlich einrichten können. Um vier Uhr kommen Sie bitte hinunter zum Nachmittagskaffee. Wenn wir allein sind, gibt es keinen Fünfuhrtee. Muttchen hängt an ihrem Kaffeestündchen.«

»Ich werde mich gern einfinden, wenn ich nicht störe. Meine Mutter war eine ängstliche kleine Gelehrtenfrau. Mein Bruder und ich mußten ihr immer Mut machen, wenn es gar nicht mehr gehen wollte. Und dann gaben wir nicht Ruhe, bis sie herzlich mit uns über all ihre Ängste lachte. Ich würde es also gut verstehen, daß Ihre Frau Mutter sich erst an mich gewöhnen müßte.«

Käte sagte lächelnd: »Nun weiß ich doch, wie es kommt, daß Ihr Bruder für mein Muttchen immer den rechten Ton findet. In seiner Gegenwart fühlt sie sich niemals bedrückt.«

»In der meinen hoffentlich auch nicht.«

»Das glaube ich sicher. Also, auf Wiedersehen!«

Daniela trat wieder an das Fenster, um einen Blick hinauszuwerfen. Wie schön mußte es hier im Sommer sein, wenn alles grünte und blühte. Gar nicht wie in der Großstadt.

Pünktlich um vier Uhr ging Daniela hinunter. Sie wurde in ein schönes, behagliches Zimmer geführt.

Hier war vor dem Kamin, in dem die Zentralheizung versteckt lag, ein Kaffeetisch gedeckt. In einem bequemen Lehnsessel hatte Frau Herder schon Platz genommen, und Käte stand neben ihr und füllte die Tassen, große geblümte Kaffeetassen, wie sie auf einen Familientisch gehören.

»Kommen Sie, Fräulein Daniela, setzen Sie sich zu uns. Muttchen hat es sich schon behaglich gemacht.«

Daniela trat heran. »Oh, wie gemütlich ist es hier!« sagte sie lächelnd und küßte der alten Dame die Hand, die diese ihr reichte.

Schnell wollte Frau Herder ihre Hand zurückziehen. »Bitte, lassen Sie das, meine Hände sind hart und rauh.«

Aber Daniela hielt die Hand fest. »Um so verehrungswürdiger sind diese Hände, liebe gnädige Frau. Es ist nicht eine leere Form, daß ich sie an meine Lippen ziehe. Ich weiß von Ihrer Tochter, daß diese Hände fleißig und unermüdlich geschafft haben.«

Unsicher sah die alte Dame Daniela an. »Ich gewöhne mich schwer an neue Methoden, Fräulein Falkner. Mein Mann nennt das rückständig und schwerfällig. Aber es ist nicht leicht, wenn man auf seine alten Tage noch umlernen muß. Wenn wir vornehme Gäste haben – die Herren Aktionäre mit ihren Damen –, dann muß man sich doch anpassen.«

Daniela schüttelte lächelnd den Kopf. »Sie in Ihrer schlichten Güte, mit Ihrem Herzenstakt brauchen nur immer Sie selbst zu sein, dann haben Sie für jede Gesellschaft den rechten Ton.«

Käte sah Daniela dankbar an. »Siehst du wohl, Muttchen, nun hörst du das auch von anderer Seite. Mir willst du es immer nicht glauben.«

»Ich glaubte, du wolltest mich nur trösten, Käte. Meinen Sie wirklich, Fräulein Falkner, daß ich mit meiner kleinbürgerlichen Art nicht anstoße, wenn wir Gesellschaft haben?«

»Ganz gewiß nicht, gnädige Frau.«

»Ich bin immer so ängstlich, zumal wenn ich den Herrschaften allein gegenüberstehe. Und mein Mann und meine Tochter sind doch von allen Seiten in Anspruch genommen.«

»Sie sollen keine Angst mehr haben, gnädige Frau. Für alle Fälle werde ich mich immer in Ihrer Nähe aufhalten, wenn Ihr Herr Gemahl und Fräulein Käte anderweitig beschäftigt sind. Dann wird sich alles ganz von selbst regeln. Und ich werde Sie unterstützen, ohne daß ein anderer Mensch etwas merkt.«

»Sie verstehen es, einer alten Frau Mut zu machen.«

Käte hatte lächelnd zugehört und schnitt einen duftenden Napfkuchen in Scheiben. »Bitte, langen Sie zu, Fräulein Daniela!« sagte sie nun.

Das tat Daniela gern. Die Damen plauderten munter und angeregt miteinander, so daß es Frau Herder immer behaglicher wurde. Und als Daniela das zweite Stück Kuchen nahm, strahlte ihr Gesicht.

»Ich finde so einen richtigen gemütlichen Nachmittagskaffee viel hübscher als den Fünfuhrtee«, sagte Daniela mit einem Lächeln zu Käte hin.

»Das ist auch meine Ansicht. Ich hänge so am Althergebrachten, und die Nachmittagskaffeestunde ist mir immer die liebste des ganzen Tages gewesen. Ich backe auch heute noch meinen Napfkuchen selbst. Mein Mann will natürlich nichts mehr von der Kaffeestunde wissen, weil es bei den vornehmen Leuten Fünfuhrtees gibt.«

»Frau Baronin Berken war gewiß eine vornehme Dame; aber sie wollte auch nichts vom Fünfuhrtee wissen und hat oft genug ihren Napfkuchen selbst gerührt.«

»Ach, das erzählen Sie doch bitte bei Gelegenheit

meinem Mann! Dann läßt er mir vielleicht mein Kaffeestündchen in Zukunft ungeschoren.«

XI

Eines Tages, als die beiden jungen Mädchen in Kätes kleinem Salon saßen, ließ sich Dr. Falkner melden.

»Führen Sie den Herrn Doktor hierher«, bestimmte Käte schnell. Dann sagte sie unsicher zu Daniela: »Verzeihen Sie, wenn ich Ihren Herrn Bruder hierher bat. Sie wollen ihn gewiß allein sprechen.«

Aber Daniela hielt sie fest. »Bitte, bleiben Sie hier, Fräulein Käte! Mein Bruder und ich haben keine Geheimnisse zu verhandeln.«

Käte blieb nur zu gern und wartete auf Dr. Falkners Eintritt.

Busso war erfreut, als er neben der Schwester Käte Herder erblickte. »Verzeihen Sie, gnädiges Fräulein, wenn ich ungelegen komme. Ich wollte meiner Schwester nur einen Brief bringen, auf den sie schon lange wartet.«

»Herr Doktor, wenn hier jemand stört, dann bin ich es.«

»Das darf ich gar nicht anhören, gnädiges Fräulein.«

»Du bringst mir einen Brief von Frau Lentikoff, Busso?« fragte Daniela gespannt.

»Er kommt aus Nizza; ich wollte dich nicht darauf warten lassen. Hier ist der Brief, und nun will ich nicht länger stören. Gern würde ich länger bleiben, wenn Sie es mir gestatteten, aber mein Freund Kolniko wartet draußen auf mich.«

Käte errötete, sagte aber lächelnd: »Sie haben Ihren Freund in der strengen Kälte draußen warten lassen? Das ist unrecht von Ihnen.«

Busso lächelte. »Ich bin ja selbst ein Eindringling und konnte nicht auch noch meinen Freund ins Schlepptau nehmen.«

»Aber ich dulde nicht, daß Sie ihn noch länger draußen stehen lassen.« Käte erhob sich und drückte auf die Klingel. Als der Diener erschien, sagte sie bestimmt: »Herr Ingenieur Kolniko wartet draußen auf Doktor Falkner. Bitte, sagen Sie ihm, er möchte eintreten, und führen Sie ihn hierher.«

Busso dankte Käte. »Sie sind liebenswürdig wie immer, gnädiges Fräulein.«

»Darf ich meinen Brief schnell durchlesen?« bat Daniela.

»Selbstverständlich. Kommen Sie, Herr Doktor, wir wollen uns in die Kaminecke zurückziehen, bis Ihre Schwester den Brief gelesen hat.«

Busso ließ sich Käte gegenüber nieder und unterhielt sich mit ihr.

Inzwischen las Daniela den Brief, der wirklich von Frau Lentikoff war. Er lautete:

»Liebe Daniela! Ihren lieben Brief habe ich erhalten. Sie wissen, wie mir zumute ist, und verstehen mich. Ich zürne Ihnen nicht, es trifft Sie keine Schuld. Sie waren nur ein Werkzeug in der Hand des Schicksals, das mir den letzten schwachen Lichtstrahl meines Lebens nehmen wollte. Ich bin unglücklich über den Verlust meines Kleinods, an dem mein einsames Herz so hing. Trotz aller Bemühungen habe ich noch nichts erreicht, es bleibt verschwunden. Wenn der Dieb ahnte, daß ich ihm alles, was ich besitze, für das Bild meines Sohnes geben würde, er würde es mir wohl wiederbringen. Aber entweder hat er keines meiner Inserate gelesen, oder er hat den Reliquienschrein zerstört. So, wie es ist, kann er dieses Stück nicht leicht verkaufen, ohne sich verdächtig zu machen.

Ich werde ohne Rast und Ruhe die Welt weiter durchpilgern, diesmal auf der nimmermüden Suche nach dem Bild meines Sohnes. Wo ich auch hinkomme, will ich forschen und fragen, bei allen Goldschmieden, Trödlern und Händlern. Aber zur Zeit bin ich gesundheitlich so herunter, daß ich noch nicht reisen kann. Sobald ich Kräfte gesammelt habe, gehe ich in meine Villa am Comer See, um mich dort zu erholen. Erst dann kann ich zu suchen beginnen. Daniela, alles in mir ist wund und weh, daß mir selbst Ihre Stimme, Ihr Anblick Qualen bereiten würden. Natascha hat es nicht leicht mit mir. Ich weiß auch, daß ich Ihnen unrecht tue, aber ich kann nicht anders. Wer so vom Unglück gezeichnet ist wie ich, der soll sich in die Einsamkeit verkriechen, damit er nicht andere Menschen quält. Wenn ich mein Kleinod wiederfinde, sollen Sie von mir hören. Sonst ist dies mein letztes Wort an Sie.

Ihre Katharina Lentikoff.«

Daniela atmete tief auf, Tränen in den Augen. Nun hatte sie Frau Lentikoffs Verzeihung, aber leichter war ihr nicht ums Herz geworden.

Sie war noch in ihre trüben Gedanken versunken, als Stefan Kolniko eintrat. Seine Blicke flogen sogleich zu ihr hinüber.

Käte erhob sich schnell und begrüßte Stefan Kolniko.

»Gnädiges Fräulein, Sie verzeihen, daß ich nicht salonfähig vor Ihnen erscheine; aber mein Freund war eilig, als wir uns aufmachten, um Fräulein Falkner einen langersehnten Brief zu bringen«, sagte Stefan.

»Keine Entschuldigung, Herr Kolniko, ich habe Sie ja hereinrufen lassen. Aber das konnte ich nicht dulden,

Sie haben sicherlich sehr gefroren, es ist bitter kalt draußen.«

»Ich bin viel größere Kälte gewohnt. Trotzdem bin ich Ihrem Ruf nur zu gern gefolgt.«

»Das ist nett von Ihnen, und teils zur Belohnung, teils zur Erwärmung sollen Sie ein Glas Glühwein bekommen, ehe ich Sie wieder hinaus lasse.«

Daniela hatte inzwischen den Brief der Frau Lentikoff in ihre Tasche gesteckt. Stefan sah besorgt in ihre Augen.

»Ich freue mich, Sie begrüßen zu dürfen, Daniela. Hat Ihnen der Brief keine gute Nachricht gebracht?«

»Frau Lentikoff sendet mir ihre Verzeihung und schreibt sehr gütig. Aber jedes Wort atmet Unglück und Verzweiflung. Können Sie nicht begreifen, was die Ärmste leiden muß?«

»O ja, ich kann es verstehen. Es gibt Mütter, die sterben müssen, wenn man ihnen ihre Kinder nimmt«, sagte er mit einem düsteren Ausdruck.

»Sehen Sie wohl; diese arme Mutter lebt, zu ihrer eigenen Qual, und ich habe Mitleid mit ihr.«

»Mitleid dürfen Sie wohl empfinden, Daniela; aber es darf Sie nicht bedrücken, da Sie ihr nicht helfen können.«

Nun schaltete Käte sich ein. »Herr Kolniko hat recht, Fräulein Daniela. Ich habe Ihnen das auch schon wiederholt gesagt.«

»Meine Schester quält sich unnütz mit dieser Sache herum«, erklärte Busso.

Jetzt trat der Diener ein und brachte ein Tablett mit würzig duftendem Glühwein, den die beiden Herren dankend nahmen.

Käte begann von der bevorstehenden Gesellschaft zu reden, zu der die Freunde auch geladen waren.

»Wann kehrt Ihr Herr Vater zurück, gnädiges Fräulein?« fragte Busso.

»Am Tag vor unserem Hausball, Mittwoch also.«

»Sie haben gewiß viel mit den Vorbereitungen zu diesem Fest zu tun?«

»Ihre Schwester nimmt mir fast alles ab. Seit sie hier im Hause ist, bin ich beinahe überflüssig geworden. Sie hat sich alle Herzen gewonnen. Meine Mutter mag ohne sie gar nicht mehr sein, und Vater ist nie so häuslich gewesen wie jetzt. Daniela ist der Mittelpunkt, um den sich alles dreht, und wenn ich nicht selber mitmachte, könnte ich eifersüchtig werden.«

Busso sah sie dankbar an. »Ich freue mich, daß meine Schwester bei Ihnen ein so gutes Heim gefunden hat. Sie hat mir erzählt, wie liebenswürdig Sie ihr begegnet sind.«

Käte errötete unter seinem Blick. »Das beruht auf Gegenseitigkeit, Herr Doktor. Aber, da Sie gerade hier sind, möchte ich mit Ihnen über Weihnachten sprechen. Wir redeten gerade darüber, ehe Sie kamen. Sie haben sicher darauf gerechnet, den Weihnachtsabend in Gesellschaft Ihrer Schwester zu verbringen. Wir aber möchten nicht auf Fräulein Danielas Gesellschaft verzichten an diesem Abend. Deshalb habe ich mit Muttchen besprochen, daß wir Sie bitten, den Weihnachtsabend bei uns zu verleben; natürlich Herr Kolniko ebenfalls, denn ich weiß, daß Sie unzertrennliche Freunde sind. Wenn Sie beide zu uns kommen, ist allen geholfen. Außer Ihnen wird niemand eingeladen, wir sind ganz unter uns. Was sagen Sie zu diesem Vorschlag?«

Stefans und Danielas Blicke trafen ineinander, und Busso sah Käte an, daß ihr das Blut in die Wangen stieg.

»Was wir dazu sagen? Gnädiges Fräulein, ein Junggeselle ist zu allen Zeiten ein bedauernswürdiges Individuum, aber um die Weihnachtszeit noch mehr, wenn sich nicht eine barmherzige Seele findet, die sich seiner erbarmt. Ich für meinen Teil komme von Herzen gern, wenn Ihre Eltern es gestatten, und mein Freund Stefan wird ebenso dankbar sein, kommen zu dürfen.«

»Busso spricht mir aus der Seele, gnädiges Fräulein«, sagte Stefan. Dabei sah er Daniela mit einem so strahlenden Blick an, daß Käte plötzlich ein Licht aufging, weshalb er sich so über die Einladung freute. Sie ließ sich aber nicht anmerken, daß sie hinter sein Geheimnis gekommen war.

»Bitte, versichern Sie Ihre Eltern unserer Dankbarkeit, gnädiges Fräulein. Aber nun dürfen wir nicht länger stören.«

Kurz vor dem Hausball hatte Direktor Herder einen Italiener, den er auf Reisen kennengelernt und der sich als Marchese Salvoni ausgegeben hatte, seiner Frau und Käte vorgestellt.

Als der Hausherr mit dem Gast das Zimmer verlassen hatte, sahen sich Mutter und Tochter eine Weile an. »Das ist ein sonderbarer Mensch, dieser Marchese Salvoni. Sehr vornehm hat er nicht ausgesehen«, meinte dann Frau Herder.

»Muttchen, er hat weder so ausgesehen, noch sich so benommen. Was sagen Sie zu diesem italienischen Aristokraten, Daniela?«

»Darf ich ganz offen urteilen? Er macht mehr den Eindruck eines – Friseurs oder Provinzschauspielers, der einen Marchese darstellen soll und es nicht kann. Kein Mann von Erziehung, sonst hätte er wissen müssen, daß er vor Ihnen erst Ihre Frau Mutter hätte begrüßen müssen.«

Käte nickte energisch. »Aber wie können wir Vater überzeugen, daß dieser Marchese kein vornehmer Mensch ist? Mag er einen noch so klingenden Namen führen, ein unfeiner Mensch bleibt er doch.«

»Um Gottes willen, Käte, laß das nur Vater nicht hören, wenigstens jetzt noch nicht, solange er von dem Marchese so begeistert ist!«

Käte sah Daniela fragend an. »Was tut man nur?«

»Vor allen Dingen nicht verzagen, Fräulein Käte. Ich kann Ihrer Frau Mutter nur recht geben. Widersprechen Sie Ihrem Herrn Vater vorläufig nicht, was er auch über den Marchese sagt. Wir werden Gelegenheit haben, uns diesen Herrn etwas näher anzusehen. Es sollte mich nicht wundern, wenn er sich in irgendeiner Weise verrät. Ihr Herr Vater ist trotz seiner kleinen Schwäche für vornehme Menschen ein kluger Mann, der schließlich selbst herausfinden wird, wie wenig vornehm der Italiener ist. Ich würde mich nicht wundern, wenn der Herr Marchese die Bekanntschaft mit ihm lukrativ zu gestalten versuchen wird.«

»Ich habe das gleiche Empfinden wie Sie, Daniela. Aber man kann Vater das nicht sagen. Ich hatte mich so auf den Ball gefreut! Es ist mir entsetzlich, daß ich mit diesem Menschen tanzen soll. Er ist imstande, mich immer wieder zum Tanz aufzufordern. Wenn ich das nur vermeiden könnte!«

»Dagegen wüßte ich ein Mittel.«

»Oh, so verraten Sie es mir, schnell!«

»Ich werde meinen Bruder und Herrn Kolniko einweihen, wenn Sie gestatten. Und die beiden müssen auf dem Posten sein. Jedesmal, wenn der Marchese Sie engagieren will, sagen Sie ihm, daß Sie den Tanz bereits an meinen Bruder oder Herrn Kolniko vergeben haben. Es bedarf eines Winkes von Ihnen, und einer der beiden führt Sie davon. Ich weihe meinen Bruder ein. Er wird sich auch nicht durch eine zornige Miene Ihres Herrn Vaters abschrecken lassen. Herr Kolniko natürlich auch nicht.«

Käte war wieder rot geworden. Ehe sie antworten

konnte, trat ihr Vater ein. Er rieb sich vergnügt die Hände.

»Na, was sagt ihr nun? Ein entzückender Mensch, nicht wahr? Keine Spur stolz und hochmütig. Käte, er ist ganz rabiat vor Entzücken über deine Schönheit. So etwas von plötzlicher Verliebtheit habe ich noch nicht erlebt. Du brauchst nur zu wollen, Käte, und du bist Marchesa Salvoni.«

Käte wollte hastig etwas erwidern, aber Daniela legte verstohlen den Finger auf den Mund.

Ihr Vater sah die Damen forschend an. »Nanu, ihr seid ja ganz stumm. Was ist denn los?«

Da sagte Daniela schnell an Stelle der beiden Damen: »Der Herr Marchese hat offenbar einen starken Eindruck hinterlassen. Man muß sich wohl erst darüber klarwerden.«

»Kann ich mir denken. Ein Teufelskerl, der Marchese, was? Da hat wohl auch Ihr Herzchen ein bißchen gezittert, Fräulein Daniela?«

Sie sah den alten Herrn lächelnd an. »Ein ganz klein wenig, Herr Direktor. Der Herr Marchese hat Augen wie Feuerräder. Und eine Frisur hat er, einfach fabelhaft!«

Der Direktor nickte unbefangen. »Na also. Aber jetzt muß ich ins Werk. Erholt euch von diesem ersten Eindruck. Und heute abend eröffnest du den Ball mit dem Marchese, Käte.«

Damit verabschiedete er sich.

Seine Frau sah ihm bedrückt nach. »Was soll das werden?« fragte sie.

Daniela sprach ihr Mut zu. »Es ist unausbleiblich, daß sich der Marchese in irgendeiner Weise bei Herrn Direktor unmöglich macht. Wir werden ihn scharf aufs Korn nehmen. Mein Bruder wird sich eingehend mit dem Marchese befassen. Seien Sie ohne Sorge, Fräulein Käte, und nehmen Sie die Sache von der humoristischen

Seite. Vielleicht ist dieser Marchese dazu ausersehen, Ihren Herrn Vater von seiner kleinen Schwäche zu heilen.«

»Aber Vater würde mir sehr leid tun, wenn er sich düpieren ließe.«

Mit ernsten Augen sah Daniela sie an. »Das wäre aber eine heilsame Medizin. Und auch, wenn wir uns irren.«

Käte legte ihre Arme um Danielas Hals. »Liebe Daniela, wenn ich Sie nicht hätte, wüßte ich jetzt nicht, was ich tun sollte. Bitte, sagen Sie Ihrem Bruder, daß – daß mein Vater mich an diesen Menschen verheiraten will, und daß ich lieber ins Wasser gehe, als ihm anzugehören.«

Daniela drückte sie lächelnd an sich. »Sie brauchen ganz sicher nicht ins Wasser zu gehen! Mein Bruder wird nicht dulden, daß Ihnen der Marchese näher kommt, als Sie selbst es wünschen.«

Da sah Käte in Danielas Augen, die sie so sehr an Busso Falkner erinnerten, küßte sie plötzlich herzlich auf den Mund und lief hinaus. Ihre Mutter sah ihr seufzend nach.

Da trat Daniela zu ihr heran. »Sie sollten sich nicht unnötig Sorge machen, liebe gnädige Frau. Ihr Herr Gemahl wird diesen Marchese bald durchschauen. Ich sehe wirklich keine Veranlassung zur Beunruhigung.«

XII

Alle Räume in der Villa des Direktors Herder waren hell erleuchtet. Vor dem Portal war ein Markisendach aufgespannt, denn es fiel Schnee, der die aussteigenden Gäste nicht belästigen sollte.

Der Hausherr trat in Frack und Lackschuhen aus seinem Zimmer; trotz seiner etwas untersetzten Gestalt sah er gut aus. Als er jetzt noch einmal prüfend durch die Festräume ging, hätte man ihm den Emporkömmling nicht angesehen.

Er fand nichts auszusetzen. Daniela hatte selbst den Blumenschmuck der Tafel geordnet, und es sah reizend aus.

Und dann ging er zu seinen Damen. Seine Frau trug ein kostbares schwarzes Spitzenkleid, das in seiner schlichten Machart gut zu ihrer anspruchslosen Erscheinung paßte. Dagegen repräsentierte Käte den Glanz des Hauses in würdiger und vornehmer Weise. Sie trug ein weichfallendes Kleid von zartrosigem Schleierstoff über einem Unterkleid von weißer Seide. Die Robe war mit zierlichen Perlen reich bestickt. An ihrem Hals schimmerte eine Perlenschnur, die ihr der Vater geschenkt hatte. Zufrieden strahlten seine Augen auf, als er seine Tochter ansah. »Famos siehst du aus, Käte, der Marchese wird Augen machen!«

Aber an seiner Gattin hatte er allerlei auszusetzen. Sie wirkte ihm nicht pompös genug.

Daniela rettete die Situation, als sie, Frau Herder betrachtend, sagte: »Lieb sehen Sie aus, gnädige Frau. Die schlichte Vornehmheit Ihrer Toilette paßt vorzüglich zu Ihrer Erscheinung.«

Daniela selbst trug ein mattblaues Seidenkreppkleid, das in schönen Falten an ihrer schlanken Gestalt herabfiel. Es war eines jener Kleider, die Frau Lentikoff für sie ausgesucht hatte. Daniela hatte, als sie es anzog, wieder lebhaft an sie denken müssen.

»Sie können sich auch sehen lassen, Fräulein Daniela. Verdrehen Sie nur den Herren die Köpfe nicht zu sehr!« schmunzelte Herr Herder.

»Ich werde mir große Mühe geben, es nicht zu tun, Herr Direktor.«

Jetzt fuhren die ersten Wagen vor. Direktor Herder ging aufgeregt davon und winkte seinen Damen, ihm zu folgen.

Käte trat rasch an Daniela heran. »Sind Ihr Herr Bruder und Herr Kolniko eingeweiht?«

»Unbesorgt, Fräulein Käte, das Komplott ist perfekt.«

»Werden die beiden Herren auch zur Zeit hier sein?«

»Pünktlich! Ich habe meinem Bruder telefonisch alles klargelegt.«

»Und was sagt er dazu?«

»Ich will es lieber nicht wiederholen. Aber der Marchese soll sich vor ihm in acht nehmen!«

Daniela sah Käte nach. Der Marchese soll sich wirklich in acht nehmen, dachte sie. Busso wäre imstande, ihn umzubringen, wenn er Käte belästigt.

Rasch füllten sich die Gesellschaftsräume der Herderschen Villa. Auch Busso und Stefan waren gekommen. Daniela war ihnen bis ins Vestibül entgegengegangen und sprach einige Worte mit ihnen.

Busso eilte noch vor der Ankunft des Marchese davon, um mit Käte sprechen zu können. Er war erregt und voller Eifersucht auf den Marchese.

Stefan blieb mit Daniela zurück. Er blickte sie bewundernd an. »Freuen Sie sich über dieses Fest, Fräulein Daniela?«

»Ich werde nicht viel dazu kommen; ich habe allerlei Pflichten übernommen für heute abend.«

»Aber mir werden Sie doch einen Tanz gewähren?«

»Liegt Ihnen soviel daran?«

»Sehr viel, weil ich Sie während des Tanzes einmal für mich allein habe. Ich sehe Sie jetzt so selten. Fast acht Tage waren Sie nicht bei uns.«

»Ich hatte in den letzten Tagen so viel mit den Vorbereitungen zur Gesellschaft zu tun. Sorgt Christine gut für Sie und Busso?«

»Ausgezeichnet. Sie ist rührend in ihrer Sorge um unser Wohlbefinden und voll Stolz, wenn wir sie loben. Sie hat auch immer Sehnsucht nach Ihnen.«

»Dann muß ich doch bald wieder einmal kommen.«

Er faßte ihre Hand. »Ich freue mich darauf. Hier gehören Sie so vielen Menschen, und jeder hat mehr Rechte an Sie als ich. Wenn Sie zu uns kommen, brauche ich Sie nur mit Busso zu teilen.«

»Am Weihnachtsabend ist hier niemand eingeladen als Sie und Busso, wenn nicht noch der Marchese Salvoni als unangenehme Zugabe erscheint.«

»Ist er wirklich so unangenehm?«

»Urteilen Sie selbst, wenn Sie ihn kennengelernt haben.«

»Wollen wir hoffen, daß er nicht zu Weihnachten hier sein wird. Ich bin glücklich, daß ich diesen Weihnachtsabend mit Ihnen zusammen verleben kann, wenn ich es auch noch viel schöner gefunden hätte, Ihre Gesellschaft mit Busso allein zu teilen.«

»Kennen Sie das deutsche Weihnachtsfest überhaupt?«

Er sah vor sich hin, als sähe er in weite Ferne. »Meine verstorbene Mutter war eine Deutsche. Sie feierte Weihnachten in Rußland auf deutsche Art und sang deutsche Weihnachtslieder. Aber das ist lange, lange her.«

Ihre Augen blickten ihn mitleidig an. »Sie haben viel Schweres erlebt, Stefan Kolniko?« fragte sie leise.

Er faßte ihre Hand. »Es ist alles vergessen, seit ich Sic

gesehen habe, Daniela. Sie haben mich das Leben wieder liebgewinnen lassen. Ich war so arm geworden, daß ich nichts mehr zu verlieren hatte, war stumpf und gleichgültig geworden. Aber jetzt habe ich wieder etwas zu verlieren – und zittere darum.«

Selbstvergessen hing ihr Blick an dem seinen. »Sie werden es nicht verlieren, Stefan Kolniko, nie«, flüsterte sie, wie unter einem magischen Bann.

»Daniela!«

Sie strich sich errötend das Haar aus der Stirn. »Ich vergesse meine Pflichten. Und Sie sollen mit Busso Wache stehen, damit Fräulein Käte nicht von dem Marchese belästigt wird.«

»Sagen Sie mir noch einmal, Daniela, daß ich nicht zu fürchten brauche, ich könne verlieren, was mir das Leben wieder lieb gemacht hat.«

»Sie brauchen nichts zu fürchten.«

»Dank, innigen Dank!«

Sie lief davon, und er folgte ihr langsam.

Drinnen im großen Festsaal hatte die Musik begonnen, und nun traf auch der Marchese ein. Im Triumph führte der Hausherr ihn seinen Gästen vor.

Der Marchese blickte auf das glänzende Gesellschaftsbild. In affektierter Haltung ließ er sich mit den Gästen bekannt machen.

Stefan war am Eingang des Saales stehengeblieben und beobachtete den Marchese. Ein ironischer Zug lag in seiner Miene. Er entdeckte Busso auf der anderen Seite, wenige Schritte von Käte Herder entfernt. Neben Käte saß ihre Mutter, hinter deren Sessel jetzt Daniela auftauchte.

Er flüsterte ihren Namen zärtlich vor sich hin und trat langsam weiter in den Saal hinein, um zu Busso zu gelangen. Als er ihn erreicht hatte, sah er, daß Busso mit einem zornigen Ausdruck zum Marchese hinüberblickte.

»Was hat du, Busso? Du siehst ja zum Fürchten aus.«

»Stefan! Nun sieh dir bloß diesen Laffen an! Ist das nicht ein erbärmliches Exemplar eines italienischen Aristokraten?« stieß er zwischen den Zähnen hervor. »Marchese Salvoni oder Salami – ich bin noch nicht der Ehre teilhaftig geworden, ihm vorgestellt zu werden.«

»Ich auch nicht, Busso. Ich hörte nur von Daniela seinen Namen.«

»Sieh nur, wie unser Chef dieses Zerrbild eines Nobile umgaukelt! Was der Kerl für eine affektierte Miene aufsetzt, dieser Abruzzenhäuptling!«

Stefan mußte lachen. »Du bist ja in explosiver Stimmung. Nimm ihn doch komisch, Busso!«

»Eigentlich hast du recht. Er sieht aus wie ein Schmalztenor vom Hoftheater in Posemuckel. Und so etwas bildet sich ein, unwiderstehlich zu sein. Ich könnte dem Kerl den Hals umdrehen!«

»Aber Busso, du wolltest ihn doch komisch nehmen. Weshalb bist du denn so zornig auf ihn?«

»Weil er sich untersteht, sich um Käte Herder zu bewerben.«

»Mir scheint, lieber Freund, als hätte dein Zorn einen persönlichen Charakter. Das sieht verdächtig nach Eifersucht aus.«

Ein tiefer Atemzug hob Bussos Brust. »Eifersucht? Nein, Stefan, aber es ärgert mich, daß ein so vernünftiger Mann wie unser Chef in seiner törichten Sucht nach sogenannter Vornehmheit auf so einen Kerl hereinfällt und seiner Tochter zumutet, so etwas zu heiraten.«

»Nun, beruhige dich. Du weißt, daß wir als Schutzwache engagiert sind, um die Tochter des Hauses, selbst gegen den Willen ihres Vaters, vor allzu großen Vertraulichkeiten dieses Marchese zu beschützen.«

»Ich schlage ihn zu Boden, wenn er sich nicht in der Reserve hält, die ich ihm anraten möchte!«

»Also doch eifersüchtig?«

»Nun ja, meinetwegen, zum Donnerwetter, wenn es Eifersucht ist, daß man keinem anderen Mann einen Atemzug eines Mädchens gönnt. Sieht sie nicht aus wie eine junge Königin?«

»Ich sehe nur eine junge Königin hier im Saal, und die trägt ein blaues Kleid. Aber deine Königin ist fast ebenso schön. Was aber soll daraus werden, Busso?«

Dieser biß die Zähne zusammen. »Sie wird mein, und wenn die Welt aus den Fugen geht.«

Es lag ein so starkes Gefühl in seinen Worten, daß Stefan ihn besorgt anschaute und ihm die Hand beruhigend auf den Arm legte.

Der Ball wurde eröffnet. Und der Marchese kam an der Seite des Hausherrn auf Käte zu.

Busso stand in zitternder Erregung, wie ein Tiger vor dem Sprung auf seine Beute.

Stefan faßte seinen Arm. »Keine Unklugkeit, Busso! Du weißt, wir haben Order, erst nach dem ersten Tanz in Aktion zu treten. Diesen ersten Tanz muß Fräulein Herder dem Marchese geben.«

Busso atmete schwer. In diesem Moment sah sich Käte nach ihm um, als wisse sie genau, was in ihm vorging. Und die beiden Augenpaare trafen ineinander in Sehnsucht und leuchteten in Verstehen.

Da wurde Busso ruhig. Mit spöttischem Blick sah er dem Marchese entgegen.

Dieser kam, laut mit dem Hausherrn schwatzend, auf dessen Tochter zu und verneigte sich vor ihr.

»Mia bella Signorina, darf ich mit Ihnen öffnen das Ball?« flötete er süßlich.

Käte neigte stumm den Kopf. Die ersten Takte eines Walzers klangen auf.

Busso tanzte nicht. Er lehnte an einer Säule und verfolgte Käte mit seinen Blicken.

Stefan trat zu der Hausfrau heran, hinter deren Sessel Daniela stand und mit ihr plauderte. »Gnädige Frau, gestatten Sie, daß ich Fräulein Falkner zum Tanz führe?«

»Aber selbstverständlich, Herr Kolniko, die Jugend soll tanzen.«

»Darf ich Sie aber allein lassen, gnädige Frau?« fragte Daniela.

Die alte Dame sah lächelnd zu Busso hinüber. »Ich sehe da drüben Ihren Bruder stehen, Daniela. Bitte, rufen Sie ihn an meine Seite, dann bin ich nicht allein.«

Daniela gab ihrem Bruder ein Zeichen, und dieser kam sofort herbei.

»Setzen Sie sich ein Weilchen zu mir, Herr Doktor, wenn Sie doch nicht tanzen«, sagte die alte Dame.

Busso nahm neben ihr Platz, während Daniela mit Stefan zum Tanzen ging. »Mit Vergnügen, gnädige Frau.«

Busso sah sich im Saal um. »Ich sehe, daß alle jungen Damen mit Tänzern versehen sind, gnädige Frau. Deshalb kann ich auf den Tanz verzichten.«

»Sie haben aber einen schlechten Ersatz dafür, indem Sie einer alten Frau Gesellschaft leisten müssen.«

Mit ernsten Augen sah Busso die alte Dame an. Er fühlte, daß sie ihm mit herzlicher Sympathie gegenüberstand. »Es ist mir eine große Auszeichnung und ein Vergnügen, mit Ihnen plaudern zu dürfen.«

»Ach, bitte, machen Sie doch keine Redensarten, Herr Doktor!«

»Es sind keine Redensarten, gnädige Frau.«

»Ich bin aber gar nicht dazu geschaffen, eine interessante Unterhaltung zu führen. Und ich habe Sie nur an meine Seite bitten lassen, damit Ihre Schwester tanzen konnte. Und – dann möchte ich Sie auch selbst bitten, daß Sie meiner Tochter helfen und sie vor weiteren Tänzen mit dem Marchese bewahren. Es hat sie schon

Überwindung gekostet, dieses eine Mal seine Partnerin zu sein. Er ist ihr sehr unsympathisch, mir übrigens auch. Aber er ist nun einmal auf meines Mannes Wunsch hier. Wenn sie sich geweigert hätte, wäre ihr Vater bitterböse geworden. Der Marchese ist Käte und mir widerwärtig. Und dabei macht mein Mann Heiratspläne! Ich bitte Sie, Herr Doktor, meine Tochter hat kaum zehn Worte mit ihm gesprochen. Er weiß nichts von ihr, als daß sie eines reichen Mannes Tochter ist. Und das scheint ihm ausschlaggebend. Ich bin nur eine einfache Frau, aber soviel verstehe ich doch vom Leben. Nur mein sonst so klarblickender und kluger Mann ist wie mit Blindheit geschlagen. Er findet ihn charmant und was weiß ich noch alles. Das wäre ja nicht schlimm, wenn er sich nicht einbildete, daß meine Tochter ihr Glück mit diesem Marchese findet. Du lieber Himmel, da kennt er seine Tochter schlecht!«

Daß Kätes Mutter ihn in dieser Angelegenheit zu ihrem Vertrauten machte, erfüllte Busso mit aufrichtiger Freude.

»Liebe gnädige Frau, beunruhigen Sie sich nicht unnötig! Ganz bestimmt kommt der Marchese nicht ein zweites Mal dazu, mit Ihrem Fräulein Tochter zu tanzen. Dafür sorgen wir, mein Freund Kolniko und ich. Und außerdem werden wir uns einmal etwas genauer mit dem Herrn Marchese befassen. Meine Menschenkenntnis müßte mich verlassen haben, wenn an diesem Menschen nicht etwas unklar wäre. Jedenfalls werde ich die Augen offenhalten, schon um Ihrem Herrn Gemahl etwaigen Schaden zu ersparen, Ihnen Ruhe zu verschaffen und Ihr Fräulein Tochter vor der Zudringlichkeit eines lästigen Menschen zu bewahren.«

Bei den letzten Worten ging das Gefühl mit Busso durch.

Die alte Dame atmete auf und lächelte vor sich hin.

»Nun bin ich schon ruhiger, Herr Doktor, denn ich weiß, daß ich mich auf Sie verlassen kann. Doch still, da kommt mein Mann auf uns zu.«

»Aber Doktor, Sie tanzen nicht und zieren als Mauerblümchen die Wände!« rief er Busso zu.

»Ich habe den Herrn Doktor gebeten, mir Gesellschaft zu leisten, da alle jungen Damen schon mit Tänzern versorgt waren.«

Der Hausherr lachte. »Da hast du dir wahrhaftig den schneidigsten Kavalier ausgesucht. Großartig sehen Sie im Frack aus, Doktor, ich habe mich schon an Ihrem Anblick erfreut. Kein Wunder, daß meine Frau Sie bevorzugt, ich habe ja auch einen Narren an Ihnen gefressen. Aber nun bist du dem Herrn Doktor eine Entschädigung schuldig, daß er dich unterhalten hat.«

»Heinrich, ich werde Käte bitten, den nächsten Tanz mit dem Herrn Doktor zu tanzen.«

Ahnungslos nickte der Direktor. »Na, da können Sie zufrieden sein, lieber Doktor. Meine Tochter tanzt famos. Aber der Marchese tanzt auch brillant. Was sagen Sie zu dieser Akquisition für unsere Gesellschaft? Eine hohe Ehre für uns, was?«

»Ich denke, Herr Direktor, daß es sich der Marchese zur Ehre rechnen kann, in Ihrem Hause verkehren und mit Ihrem Fräulein Tochter tanzen zu dürfen.«

Der Direktor klopfte ihm auf die Schulter. »Na, na! Sie verstehen es, Komplimente zu machen. Aber so unrecht haben Sie nicht. Schließlich ist es für den Marchese ein ebenso großes Glück, mein Schwiegersohn zu werden, wie es für meine Tochter ein Glück ist, Marchesa zu werden. Das bleibt aber noch unter uns, Doktor.«

»Ist denn diese Verbindung geplant?« fragte Busso, die Hände fest zu Fäusten zusammenpressend.

Herder lachte geschmeichelt. »Geplant ist gut! Da staunen Sie, Doktor. Nee, nee, das ist nicht nur geplant. Der

Marchese hat mir schon klipp und klar gesagt, daß er sie zu seiner Marchesa machen will.«

»Aber der Marchese hat doch, wie ich weiß, das gnädige Fräulein erst heute kennengelernt.«

»Ja, ja, sozusagen Liebe auf den ersten Blick. Da können wir kalten Nordländer nicht mit.«

Frau Herder sah besorgt in Bussos zuckendes Gesicht, als er jetzt erwiderte: »Darf ich fragen, ob das gnädige Fräulein diese – diese Liebe auf den ersten Blick erwidert?«

»Na, so schnell geht das bei ihr nicht. So leicht ist meine Käte nicht zu erobern, auch von einem Marchese nicht. Aber es wird nicht lange dauern, bis meine Tochter kapituliert. Schließlich kann sie es sich leisten, ihn ein bißchen zappeln zu lassen.«

Frau Herder merkte sehr wohl, was ihrem Gatten entging, daß Busso mit einer schweren Erregung kämpfte.

»Ich nehme an, Herr Direktor, daß Sie sich genau nach den Verhältnissen des Marchese erkundigt haben?« brachte Busso mühsam hervor.

Herder nickte. »Natürlich, aber ich hatte gar nicht nötig, mich erst danach zu erkundigen. Seine gesamten Verhältnisse hat er mir klargelegt. Vermögen hat er allerdings nicht, nur eine kleine Familienrente. Aber einen prachtvollen Palazzo besitzt er in Florenz, mit achtzig Zimmern und Sälen. Er stammt aus einem uralten Adelsgeschlecht. Eine Stange Geld werde ich schon zuschießen müssen, um das junge Paar flottzumachen. Na, und wenn meine Tochter Marchesa Salvoni wird, dann muß sie doch glücklich sein.«

Busso staunte, daß ein so erfahrener Geschäftsmann wie Herder so naiv sein konnte. Er wechselte einen schnellen Blick mit Frau Herder, die ihn kummervoll ansah, und sagte, sich zur Ruhe zwingend:

»So meinte ich das eigentlich nicht, Herr Direktor. Ich meine, ob Sie sonst Referenzen über den Marchese eingeholt haben. Sie würden doch nicht das kleinste Geschäft mit einer unbekannten Firma abschließen, ehe Sie sich nicht genau danach erkundigt haben. Und hier handelt es sich schließlich um Lebensglück und Zukunft Ihrer Tochter.«

Herder stutzte einen Moment. Dann sah er Busso unbehaglich an, erwiderte aber hastig: »Ein Marchese Salvoni ist doch keine Firma. Sein Name bürgt doch schließlich für ihn, und im übrigen kann ich meiner Menschenkenntnis vertrauen.«

»Das wohl, Herr Direktor, aber schließlich ist es Ihre väterliche Pflicht, sich erst gründlich über die Verhältnisse und das Vorleben des Marchese zu erkundigen, ehe Sie ihm Ihre Tochter anvertrauen.«

Der Direktor bekam einen roten Kopf. Ziemlich schroff sagte er: »Aber erlauben Sie, Doktor, ich kann doch nicht hinter einem Marchese Salvoni herspionieren! Er hat mir auf Kavaliers-Ehrenwort, ohne daß ich es verlangte, seine Verhältnisse klargelegt. Auf Kavaliers-Ehrenwort, verstehen Sie?«

Busso vermochte einen Seufzer nicht zu unterdrücken. »Verzeihen Sie, Herr Direktor, ich wollte mir natürlich keinen Übergriff erlauben. Aber ich muß gestehen, daß ich an Ihrer Stelle andere Sicherheiten haben müßte. Der Marchese ist Ausländer, da muß man doppelt vorsichtig sein. Als Ehrenmann müßte er es selbstverständlich finden, wenn Sie Referenzen über ihn einholen, ehe Sie ihm Ihre Tochter zur Frau geben, vorausgesetzt, daß Ihr Fräulein Tochter wirklich die Gattin des Marchese werden will.«

Herder lachte ärgerlich auf. »Warum soll sie nicht wollen? So eine vornehme Partie wird meine Tochter doch nicht ausschlagen!«

»Beauftragen Sie doch eine Vertrauensperson mit Nachforschungen!«

»Junger Mann, Sie können einem warm machen mit Ihrer übertriebenen Vorsicht.«

»Es ist nur Vaterpflicht«, beharrte Busso.

»Ach, lassen Sie mich zufrieden und verderben Sie mir die Stimmung nicht!« rief der Direktor und lief einfach davon.

»Sie haben Mut, Herr Doktor. Ich danke Ihnen, oh, ich danke Ihnen!« sagte Frau Herder.

»Leider habe ich nichts erreicht, als daß der Herr Direktor ärgerlich auf mich geworden ist.«

»Das geht vorüber. Er muß ja einsehen, daß Sie es gut gemeint haben. Und jedenfalls haben Sie mir einen Fingerzeig gegeben, wie ich mir wenigstens Gewißheit über diesen Marchese verschaffen kann. Herr Doktor, würden Sie mir helfen?«

»Verfügen Sie ganz über mich, verehrte gnädige Frau.«

»Bitte, Herr Doktor, ziehen Sie in meinem Auftrag Erkundigungen ein über den Marchese. Da mein Mann es nicht tun will, werde ich es tun. Ich weiß nur nicht, wie man das anstellen muß.«

»Überlassen Sie es mir, gnädige Frau, ich werde gleich morgen alles veranlassen. In acht bis zehn Tagen können wir dann wahrscheinlich schon die erste Auskunft haben. Bestimmen Sie Ihren Gemahl, daß er vor Weihnachten zu keinem Menschen über die geplante Verlobung spricht.«

»Das will ich tun. Und jedenfalls danke ich Ihnen von ganzem Herzen für Ihre Hilfe.«

»Nein, gnädige Frau, bitte, danken Sie mir nicht! Ich – ich habe nicht uneigennützig gehandelt. Ich kann Ihnen nicht sagen, was mich trieb, Vorsicht anzuempfehlen. Ich könnte es nicht ertragen, wenn Ihre Tochter unglücklich würde!« stieß Busso erregt hervor.

Die alte Dame antwortete nicht, saß schweigend da, und Busso wagte nicht, sie nach diesem Ausbruch seines Gefühls anzusehen.

Der Tanz war zu Ende, und Käte kam am Arm des Marchese zurück.

»Nun engagieren Sie meine Tochter schnell zum nächsten Tanz, Herr Doktor, damit Sie nicht wieder sitzenbleiben!« flüsterte Frau Herder.

Busso sah fragend in ihre Augen und las darin, was ihn glücklich machte. Er hatte zwar schon von Daniela gehört, daß sie der Ansicht sei, die Mutter wisse um Kätes Liebe zu ihm und billige sie. Jetzt wurde ihm das zur Gewißheit.

»Dank, innigsten Dank, gnädige Frau! Wenn Sie wüßten, wie glücklich mich Ihre Worte machen!«

Sie nickte ihm nur lächelnd zu. Antworten konnte sie nicht mehr, denn Käte und der Marchese traten heran.

»O meine reizende Signorina, wie haben Sie mir gemacht serr glücklich durch diese Tanz! Sie haben geschwebt wie eine Elfe – oh, diese Grazie – diese Anmut – ich sein serr entzückt. Ich bitten auch um nächste Tanz. Ich mag tanzen immer nur mit Ihnen.«

Käte sah ihn kühl abweisend an. »Ich bedaure, Marchese, ich bin bereits zum nächsten Tanz versprochen.«

»Sie dürfen mir nicht machen unglücklich! Ich sein neidisch. Zeigen Sie mir Kavalier für nächstes Tanz, ich werde ihn bitten, Sie zu geben frei für mich.«

Käte errötete, als sie sich jetzt zu Busso umwandte. »Herr Doktor Falkner ist mein Partner für den nächsten Tanz.«

»Sie haben gehört, Herr Doktor? Signorina bedauert, die nächste Tanz schon zu haben vergeben. Sie werden sein so liebenswürdig und mir abtreten diese Tanz?«

Busso reckte sich zu seiner ganzen imposanten Höhe auf, so daß der Italiener neben ihm unbedeutend aussah.

»Ich bedaure, Marchese. Auf diesen Tanz zu verzichten, würde gleichbedeutend sein mit einer Beleidigung des gnädigen Fräuleins, es sei denn, daß sie mich selbst darum bittet, sie freizugeben.«

»Das werden Sie tun, Signorina! Ich bitten darum viele tausend Male!« sagte der Marchese.

»Nein, Marchese, das werde ich gewiß nicht tun, damit würde ich Herrn Doktor beleidigen«, sagte Käte ruhig und bestimmt.

Der Marchese machte ein betrübtes Gesicht. »Ich sein serr traurig, serr traurig, aber ich bitten dann serr um die folgende Tanz.«

»Er gehört Herrn Ingenieur Kolniko.«

Der Marchese machte eine Bewegung, als wollte er sich die Haare ausraufen, hielt aber inne vor seinem gelockten Scheitel. »Aber ich sein nun ganz zweifelhaft, nein, verzweifelt – ich –«

Er konnte nicht mehr anbringen, denn Busso verneigte sich vor Käte und führte sie davon.

Busso und Käte hatten eine Weile schweigend getanzt. Endlich brach Käte das Schweigen.

»Ich danke Ihnen, Herr Doktor, daß Sie mich vor einem weiteren Tanz mit dem Marchese bewahrten.«

»Sie sollen mir nicht dafür danken, gnädiges Fräulein. Es ist mir eine Freude. Für mich war es eine Marter, Sie in den Armen dieses Laffen zu sehen«, stieß er hervor. »Verzeihen Sie mir, aber ich bin heute in einer Stimmung, in der ich nicht ganz Herr über mich bleiben kann. Schon Ihrer Frau Mutter gegenüber habe ich ein wenig die Beherrschung verloren und mich fast verraten. Der Herr Marchese soll mir aus dem Wege gehen, sonst –«

Kätes Wangen glühten. Auch sie war nun tief erregt und flüchtete sich hinter ein Lächeln. »Aber Doktor, wie können Sie sich so über diesen Menschen erregen! Ich glaube, Sie tun ihm damit zuviel Ehre an.«

Er blieb mitten im Tanz stehen und sah sie durchdringend an. »Es ist so heiß im Saal. Wollen wir nicht lieber in einen der Nebenräume gehen?«

Sie neigte den Kopf, da zog er ihre Hand durch seinen Arm und führte sie schweigend durch einige Zimmer, bis sie ganz allein waren. Sie folgte ihm ohne Widerstreben.

Und nun blieb er vor ihr stehen und sah ihr zärtlich in das erglühende Gesicht.

»Fräulein Käte, ich bin ein ungestümer Mensch, und ich weiß, daß ich Sie jetzt überrumple. Aber ich muß Ihnen sagen, daß ich Sie liebe. Ich hätte noch länger geschwiegen, denn ich stehe erst am Beginn meiner Laufbahn, und ich wollte nicht mit leeren Händen vor Sie treten. Aber dieser Marchese hat mich ganz aus dem Gleis gebracht, oder vielmehr der Plan Ihres Vaters, Sie mit diesem Mann zu verheiraten. Käte – ich lasse dich keinem anderen! Gib mir ein Recht, Käte, dich vor diesem Menschen zu schützen, der vielleicht noch etwas Schlimmeres ist als ein Laffe. Käte, ich fühle ja, daß du mich so lieb hast wie ich dich! Vom Himmel hole ich dich mir herunter, Käte, ich liebe dich – ich liebe dich!«

Sie wurde rot und blaß vor innerer Erregung, aber ihre Augen sahen groß und offen in die seinen mit leuchtender Klarheit.

»Busso – lieber Busso, ich danke dir für deine Liebe«, sagte sie innig.

Da riß er sie in seine Arme und küßte sie. »Käte, meine Käte! Gesegnet sei der Marchese, der mir Mut gemacht hat! Ach, Käte, ich hab' dich ja so lieb!«

Sie lachte glücklich. »Ich dich auch, du lieber, lieber Mensch, ich dich auch.«

Und sie küßten sich noch einmal.

Aber dann schrak Käte zurück. »Mein Gott, Busso – wenn man uns hier sieht!«

Er lachte im Übermut seines Glückes. »Wäre das so schlimm?«

»Doch, Busso, mein Vater – er darf es noch nicht wissen. Jetzt noch nicht. Ich muß ihn erst langsam vorbereiten. Nur Muttchen darf es wissen, die haben wir auf unserer Seite; sie weiß, daß ich dich liebe.«

Er küßte ihr zärtlich die Hände. »Das habe ich gefühlt, Käte, sonst hätte ich vielleicht heute noch nicht gewagt, dir meine Liebe zu gestehen.« Er küßte sie auf die Augen. »Dein Muttchen hat mir vorhin Mut gemacht. Herzenskäte, wie danke ich dir, wie will ich sie dafür lieben!«

»Das mußt du auch, Busso. Sie wird dir eine gute, treue Mutter sein, weil du mich liebst.«

»Und deinen Vater, Käte, den bezwinge ich auch noch. Ich fürchte den Marchese nicht. Irgend etwas ist nicht in Ordnung mit ihm. Das will ich herausbringen. Und dann wird dein Vater von seinem Wahn geheilt sein.«

»Du mußt ihm darum nicht zürnen.«

»Dem Vater meiner Käte? Ganz gewiß nicht.«

»Aber nun komm wieder in den Saal, Busso. Unsere Liebe muß noch ein Geheimnis bleiben. Nur Muttchen und Daniela vertraue ich mich an. Ich glaube, Daniela ahnt, daß wir uns lieben.«

Er drückte ihr schnell noch einen Kuß auf die Lippen und führte sie davon.

»Von mir weiß es Daniela gewiß, und von dir ahnt sie es. Gottlob, daß meine Schwester bei dir ist, so können wir uns jederzeit durch sie verständigen. Wenn wir uns nicht sprechen können, schreiben wir uns, nicht wahr, Herzenskäte?«

»Ja, Busso. Aber nun schnell in den Saal unter die Tanzenden, die Musik hört eben auf.«

Er seufzte. »Ich möchte jetzt viel lieber auf einer einsamen Insel mit dir sein als in einem Ballsaal.«

Sie drückte leise seinen Arm. »Wir müssen vernünftig sein, Busso. Du darfst mich auch nur dann zu einem weiteren Tanz holen, wenn mir von dem Marchese Gefahr droht.«

»War das eben mit mir ein Pflichttanz, Liebste?«

»Ja doch, du dummer Busso, hast du das nicht gemerkt?«

»Dann will ich immer nur solche Pflichttänze mit dir tanzen, Käte.«

Sie waren jetzt im Saal und mischten sich unter die Paare. Busso führte Käte langsam zu ihrer Mutter zurück, die noch immer geduldig neben dem Marchese saß.

XIII

Stefan Kolniko hatte, als er mit Daniela den ersten Tanz beendete, diese wieder in die Nähe der Hausfrau geführt. Nun blieb Daniela in der Nähe neben Stefan stehen, jedes Winks der Hausfrau gewärtig.

Stefan betrachtete Daniela mit zärtlichen Blicken. Während des Tanzes hatten sie nur wenige Worte gewechselt. Jetzt nannte Stefan leise und zärtlich ihren Namen.

Sie sah zu ihm auf, während ein leises Rot ihr Gesicht färbte. Eine bange Frage lag in ihren Augen.

»Sie wollten nicht, daß ich Ihnen mehr von meinen Gefühlen verriet.«

»Sie brauchen mir nichts mehr davon zu sagen,

Stefan, ich weiß alles, was Sie mir sagen wollen, Sie haben sehr sprechende Augen.«

»Wie Sie, Daniela! Ich bin glücklich, in Ihren Augen lesen zu dürfen, was mich beglückt. Aber ehe ich Ihnen ein sorgenfreies Dasein bieten kann, wage ich nicht, Ihr Schicksal an das meine zu binden.«

»Wir sind ja noch jung, Stefan, und es ist so schön, daß wir wissen, was wir einander sind.«

»Weißt du, was du mir bist, Daniela?« fragte er erregt.

Sie atmete tief auf. »Ich weiß es, und es macht mich glücklich.«

Er preßte ihre Hand. »Ich darf mir das Du noch nicht gestatten, Daniela. Erst will ich klare Bahn vor mir haben. Busso will ich sagen, wie wir miteinander stehen. Er billigt unsere Liebe, und das macht mich froh. Ich werde alles daransetzen, um vorwärtszukommen. Und nicht wahr, Daniela, Sie werden geduldig warten, bis ich Sie heimführen kann in eine bescheidene Häuslichkeit?«

»Ja, Stefan, ich warte geduldig. Einmal kommt das Glück.«

»Einmal kommt das Glück! Daran will ich auch fest glauben, Daniela.«

Jetzt kamen Käte und Busso vom Tanz zurück.

Daniela sah die Augen der beiden strahlen. Sollte zwischen Käte und Busso das entscheidende Wort gefallen sein?

Der Marchese sprang auf und sprach sogleich wieder in seiner aufdringlichen, schmeichlerischen Art auf Käte ein.

Sie löste ihre Hand von Bussos Arm und beugte sich, ohne auf das Geschwätz des Marchese zu achten, zu ihrer Mutter herab. »Muttchen, ich bin so glücklich!« flüsterte sie ihr zu.

Die alte Dame blickte zu Busso hinüber. »Gott helfe, daß du es bleiben kannst, Käte.«

Busso war zu Stefan und Daniela herangetreten.

»Bitte, Stefan, halte dich bereit! Du bist mit Fräulein Herder für den nächsten Tanz verabredet. Der Marchese wird versuchen, dir die Rechte an diesem Tanz streitig zu machen. Und wenn der Tanz zu Ende ist, halte dich an Fräulein Herders Seite, bis Daniela oder ich wieder zur Stelle sind.«

Stefan nickte lächelnd. »Das wird alles prompt erledigt.«

»Am besten, du führst Fräulein Herder nicht in die Nähe des Marchese zurück, damit sie ihm tunlichst ausweichen kann.«

Käte stand gerade mit Daniela zusammen, als sie den Vater und den Marchese auf sich zukommen sah.

»Jetzt wird es kritisch, Daniela. Dieser abscheuliche Mensch hat meinen Vater alarmiert.«

»Schnell, stützen Sie sich auf meinen Arm, ich führe Sie zu einem Sessel. Aber Sie müssen hinken, denn Sie haben sich den Fuß verstaucht. Allerdings können Sie dann heute abend nicht mehr tanzen.«

»Will ich auch nicht, ist mir gerade recht: ein rettender Gedanke! Der Marchese tut so unerhört vertraulich, als sei ich schon sein Eigentum. Lassen Sie mich bloß nicht mit ihm allein!« Sie ließ sich stöhnend in einen Sessel nieder, als der Marchese mit ihrem Vater herantrat.

»Liebe Käte, der Marchese ist verzweifelt. Du mußt dich auf alle Fälle noch für einige Tänze frei machen.«

Käte sah kläglich zu ihrem Vater auf.

»Ach, Vater, heute ist es aus für mich mit dem Tanzen. Ich habe mir eben den Fuß vertreten und kann kaum auftreten.«

»Oh, was sein das für eine Unglück für mich, Signorina! Ich haben mir serr gefreut, mit Ihnen zu tanzen der ganze Abend.« Der Marchese zog, ohne zu fragen, einen Sessel herbei. »Ich werden Ihnen trösten und dic ganze

Abend bei Ihnen bleiben und Ihnen sagen, wie serr ich Ihnen lieben.«

Käte sah Busso und Stefan Kolniko in nächster Nähe auftauchen.

»Sie sind sehr freundlich, Marchese. Suchen Sie bitte meine Mutter, sie sitzt im Nebenzimmer, und bitten Sie sie, hierher zu kommen. Aber nichts von meinem verstauchten Fuß erzählen!«

»Bemühen Sie sich nicht, lieber Marchese«, schaltete Direktor Herder sich ein, »ich werde meine Frau herschicken. Du hast dich doch nicht ernstlich verletzt, Käte?«

»Nein, Vater, aber ich muß dem Fuß Ruhe gönnen, dann wird es nicht schlimm werden.«

»Nun gut, der Marchese wird dir Gesellschaft leisten, mein Kind. Wenn du mich brauchst, ich bin im Spielzimmer. Fräulein Daniela, Sie können tanzen, meine Tochter hat ja den Herrn Marchese zur Gesellschaft.«

Daniela warf Käte einen Blick zu und ging dann rasch zu Busso und Stefan.

»Schnell, Busso, zu Fräulein Käte! Herr Direktor hat mich fortgeschickt, weil er dem Marchese ein Alleinsein mit seiner Tochter verschaffen wollte.«

»Das werde ich gründlich stören!« stieß Busso zornig hervor und eilte zu Käte. »Gnädiges Fräulein, kann ich Ihnen irgendwie behilflich sein?«

Käte sah zu ihm auf. »Setzen Sie sich zu mir, Herr Doktor, und leisten Sie mir auch Gesellschaft. Der Marchese hat sich bereits dazu erboten.«

Dieser sah Busso sehr von oben herab und indigniert an. »Oh, Signorina, Sie sollen mir ganz allein Ihnen dienen lassen, ich wollten ganz allein Ihre Kavalier sein.«

Doch er kam den ganzen Abend nicht mehr zu einer ungestörten Unterhaltung mit Käte. Das Fest ging zu

Ende, ohne daß der Marchese seine Werbung hätte anbringen können.

Busso und Stefan hatten sich verabschiedet, gleich nachdem der Marchese gegangen war. Sie folgten ihm in die Garderobe, und der Marchese warf giftige Blicke auf die beiden.

Während die Herren sich ihre Hüte und Mäntel geben ließen, flüsterte Busso dem Freund zu: »Ich möchte den Marchese noch ein wenig aufs Korn nehmen und sehen, wohin er sich jetzt begibt. Gehst du mit?«

»Selbstverständlich.«

Sie verließen schnell das Haus und erwarteten draußen den Italiener. Vor der Villa hielten Mietautos, die auf eine Fuhre hofften. Busso unterhandelte mit einem Fahrer und gab Weisung, dem Wagen zu folgen, den der Herr besteigen würde, der eben aus dem Portal der Villa kam. Der Fahrer begriff sofort.

Busso und Stefan stiegen ein, warteten auf den Marchese und sahen ihn davonfahren. Ihr Wagen hielt sich hinter diesem Auto. Vor einem Haus in einer stillen Seitenstraße hielt das Auto des Marchese. Dieser bezahlte den Fahrer und trat an eine Nebentür des Miethauses heran, die durch ein Schild als Lieferanteneingang bezeichnet war. Hier klopfte er dreimal an.

Die schmale Tür wurde geöffnet, und der Marchese verschwand. Nun stiegen auch Busso und Stefan aus, die den Marchese beobachtet hatten. Sie sahen an dem Haus empor. Es machte einen ruhigen, vornehmen Eindruck.

Während Busso den Fahrer bezahlte, fuhr hinter ihnen noch ein Auto vor, aus dem zwei Herren ausstiegen. Diese klopften auf dieselbe Weise an die schmale Nebenpforte des Hauses und verschwanden.

Fragend wandte sich Busso an den Chauffeur.

»Haben Sie eine Ahnung, was die Herren da drinnen wollen?«

Der Chauffeur lachte. »Na, det is doch offenes Jeheimnis, mein Herr. Sie wollen doch ooch rin in'n Spielklub.«

Busso sah Stefan an. »Ein nettes Stammlokal hat sich der Herr Marchese ausgesucht. Gestern erst in Berlin angekommen und heute schon orientiert! Das deutet auf Routine in solchen Dingen. Ich muß hinein und sehen, was dieser Nobile da drinnen treibt.«

Stefan legte die Hand auf seinen Arm. »Es scheint eine unsaubere Geschichte zu sein.«

»Gerade deshalb muß ich hinein. Wer weiß, ob mir noch einmal eine so günstige Gelegenheit geboten wird.«

Sie traten auch an die Nebenpforte, klopften genau in derselben Weise an wie zuvor die anderen Herren. Nach kurzer Zeit wurde leise die Tür geöffnet. Busso trat rasch ein, während Stefan mit ruhiger Stimme grüßte.

Der alte grauhaarige Mann, der wie ein Handwerker aussah, hob erschrocken die Hand.

»Nich so laut, meine Herren, ick soll wohl in Deibels Küche kommen!« Er öffnete auf dem schmalen Korridor eine Tür und schob die Herren hinein.

Sie standen nun in einem Zimmer, lang und schmal. Und in diesem Raum saßen und standen um einen Spieltisch etwa zwanzig Herren. Sie hatten alle nervöse Spielergesichter mit gierigen Augen und sahen nicht auf, denn ihr ganzes Interesse war auf das Spiel gerichtet. Gewinn – oder Verlust? Diese Frage prägte sich in ihren Mienen aus.

Lautlos still waren alle diese Menschen. Stefan und Busso suchten das Gesicht des Marchese. Sie fanden es nicht.

Langsam trat Busso an einen Vorhang und öffnete einen Spalt, sah einen halb so großen Raum. Von einer Ampel beleuchtet, die mit rotem Schleier umhüllt war, tanzte auf einem Podium, das nicht größer war als ein Tisch, ein mit nichts als einem Perlengehänge bekleidetes Weib einen ordinären Tanz, der noch abscheulicher wirkte, weil keine Musik ihn begleitete. Etwa sechs bis acht Herren, in deren Gesichter das Laster seine Runen gezeichnet hatte, saßen umher und rauchten. Dicht neben dem Podium saß der Marchese, hielt auf seinem Schoß ein ebenso wenig bekleidetes Weib, dessen Schultern und Arme er mit gierigen Küssen bedeckte. Gerade als Busso ihn erblickte, ergriff er sein Glas und trank es leer, ohne seine Augen von der Tänzerin zu wenden.

Angeekelt wandte sich Busso ab und forderte durch eine Handbewegung Stefan auf, sich den Marchese anzusehen.

Mit einer Gebärde des Abscheus ließ auch Stefan den Vorhang sinken, dann sahen sich die beiden Freunde an und gingen an den Spielern vorüber zur Tür.

Busso und Stefan atmeten tief auf, als sie draußen waren. Schweigend gingen sie eine ganze Weile. Endlich stieß Busso heraus: »Schauderhaft!«

»Eine feine Gesellschaft!«

»Ich denke aber, daß sich dieser Ausflug ins Berliner Nachtleben schlimmster Sorte für mich gelohnt hat.«

Sie notierten sich Straßennamen und Hausnummer und gingen dann zu ihrer Wohnung, die kaum eine Viertelstunde entfernt lag. Busso sagte dem Freund, daß er gleich am nächsten Morgen einem Auskunftsbüro Auftrag geben würde, Recherchen über den Marchese einzuholen.

XIV

Das Weihnachtsfest war nahe herbeigekommen. In der Villa Herder war man mit den Weihnachtsvorbereitungen beschäftigt.

Der Marchese ließ sich durch Kätes eisige Abwehr nicht schrecken. Sie und ihre Mutter waren nicht imstande gewesen zu verhindern, daß der Italiener für den Weihnachtsabend eingeladen wurde.

Es war einige Tage vor dem Fest, als sich der Marchese früher als sonst zur Teestunde in der Villa einfand. Er wußte den Hausherrn daheim und ließ sich bei ihm melden.

Als der Marchese eintrat, trug er ein Paket in den Händen.

»Mein lieber Marchese, Sie wünschen mich allein zu sprechen?«

Der Besucher verneigte sich, schüttelte dem Direktor die Hand und legte das Paket vor sich hin.

»Ich habe mit Ihnen zu besprechen eine Sache von großer Delicatezza. Es sein mir serr peinlich. Aber ich haben ein so großes Vertrauen zu Ihnen – wie zu eine Vater. Also, ohne Umstehen – nein, Umstand: Ich sein durch Ausbleiben von Geldern in eine Verlegenheit. Ich will mir nicht leihen Geld. Auch von Ihnen nicht. Aber ich haben hier gebracht eine kostbare Gegenstand – das Bild des Heiligen von meine Familie. Er sein eine sehr alte Erbstück. Ich sein fromm und nehmen Heiligenbild immer mit auf Reisen. Diese Kleinod lassen ich Ihnen zum Pfand und bitte serr, daß Sie mir geben auf kurze Zeit fünfzigtausend Mark. Es sein gut doppelt soviel wert, für mich tausendmal.«

Dabei löste er das Papier und entnahm ihm ein graues Samtetui, öffnete es und es lag ein Gegenstand, der wie ein goldenes Buch aussah, auf dem Tisch.

Der Direktor bewunderte das Kunstwerk. Daß dieses Heiligenbild einen großen Wert haben mußte, da es von Gold und mit Edelsteinen besetzt war, sah er auf den ersten Blick. Solche Arbeiten werden nicht in Imitationen ausgeführt.

»Mein lieber Marchese, ich gebe Ihnen selbstverständlich sofort einen Scheck auf die Summe, aber ich brauche kein Pfand. Sie sind mir auch ohne dies gut für jede Summe.«

Doch der Marchese hatte seine Gründe, darauf zu bestehen, daß der andere das Pfand annahm. Er wollte dem Direktor durch Korrektheit und Solidität imponieren. Er dachte natürlich nicht daran, Käte Herder zu heiraten. Nur eine Verlobung erstrebte er zum Schein, um dann seine Beute zu machen. So sagte er abwehrend »O nein, bitte serr, ich machen keine Schulden. Ich bestehen darauf, daß Sie diese Familienerbstück nehmen als Gegenwert in Verwahrung. Ich werden es schenken meine Braut als Angebinde am Tag unserer Verlobung.«

»Also, wenn Sie durchaus wünschen, mein lieber Marchese, dann bewahre ich es Ihnen auf. Es ehrt Sie, daß Sie keine Schulden haben wollen; das ehrt Sie ungemein. Sie sind ein ganz prachtvoller Mensch, mein lieber Marchese. Sie müssen mir gestatten, daß ich meinen Damen dies Kleinod zeige, es ist eine wundervolle Arbeit. Natürlich brauchen diese nicht zu wissen, daß Sie es mir als Pfand gaben.“

Der Marches zögerte, aber dann sagte er zustimmend: »Gut, Ihre Damen dürfen sehen meinen Heiligen. Aber bitte, nicht zeigen fremde Menschen! Ich will nicht haben, daß fremde, kalte Augen ruhen auf dies Kleinod.«

»Selbstverständlich, mein lieber Marchese. Meine Tochter wird sich freuen, dies Kunstwerk zu sehen.«

»Einer von wenige Schätze, die meine Familie hat

gerettet aus glanzvollen Zeiten. Ich besitzen noch solcher Kostbarkeiten in meine Palazzo in Florenz. Ein Vermögen, wollte ich verkaufen.«

»Das sollen Sie nicht tun, Marchese. Sie sollen keine pekuniären Schwierigkeiten haben. Wenn Sie mehr Geld brauchen, wenden Sie sich vertrauensvoll an mich. Ich ziehe es Ihnen später von der Mitgift ab«, sagte der Direktor mit jovialem Lachen.

Der Marchese war für heute zufrieden. Vorläufig nahm er den Scheck auf fünfzigtausend Mark. Damit war der in Nizza erbeutete Kunstgegenstand ganz gut bezahlt. Ihn offiziell zu verkaufen, hatte er nicht gewagt. Der rote Koffer mit seinem kostbaren Inhalt war einen raschen Griff wert gewesen, aber eigentlich eine Enttäuschung. So ein origineller, auffallender Gegenstand verkauft sich schwer, wenn man nicht rechtmäßiger Besitzer ist.

So war der Reliquienschrein, von dessen wahrer Bedeutung und Geheimfach er keine Ahnung hatte, die Ursache, daß sich Signor Giuseppe Salvatore in einen Marchese Salvoni verwandelt hatte. Ein netter kleiner Diebstahl einer Brieftasche aus einem Hotelzimmer in Genua lieferte ihm das Betriebskapital zu seinem neuen Unternehmen. Und so zog Giuseppe Salvatore, seines Zeichens ein Kellner, als Marchese Salvoni nach Deutschland und lernte hier den Direktor Herder kennen, den ihm ein günstiges Schicksal direkt in den Weg führte.

Gleich am ersten Tag hatte er in Berlin einen Landsmann getroffen, in dessen Gesellschaft er in Italien seine erste Gefängnishaft abgesessen hatte. Dieser war Schlepper für den Spielklub, in den Stefan und Busso dem Marchese gefolgt waren.

Als er noch Kellner war, hatte er sich einige Sprachkenntnisse angeeignet, hauptsächlich Deutsch gelernt, wenn auch durchaus nicht einwandfrei.

Nach der Verbüßung einer Gefängnisstrafe hatte er den Kellnerberuf an den Nagel gehängt und sich »höheren« Zielen zugewandt. Nach einigen annehmbaren Erfolgen hatte ihn aber der Fehlschlag mit dem vermeintlichen Schmuckkoffer etwas in Schwierigkeiten gebracht. Nun war er endlich auf dem Weg, einen ganz großen Coup zu landen. Diesen Direktor Herder wollte er gründlich zur Ader lassen. Die fünfzigtausend Mark waren nur ein Auftakt, und das Heiligenbild sollte ihm als Mittel zum Zweck gute Dienste leisten.

Direktor Herder lud nun den Marchese ein, mit ihm zu seinen Damen hinüberzukommen. Der Marchese war gern dazu bereit.

Herder packte den Reliquienschrein wieder in das Etui und sagte lächelnd:

»Wenn das meine Käte sieht, wird sie Augen machen. So etwas wirkt auf Frauen mehr als ein schöner Titel.«

Frau Herder hatte seufzend auf ihr gemütliches Kaffeestündchen verzichtet, als sie hörte, daß der Marchese sich bei ihrem Gatten befinde.

Verdrießlich sah sie vor sich hin. Käte hatte ihr gebeichtet, daß sie mit Busso Falkner einig war und um keinen Preis der Welt von ihm lassen würde.

Busso war ein Schwiegersohn ganz nach ihrem Herzen. Er war ein ehrlicher und guter Mensch, in dessen Händen das Schicksal ihrer Tochter gut aufgehoben sein würde.

Daniela war einige Male in der Wohnung ihres Bruders gewesen und hatte ihm Briefe von Käte gebracht und Briefe von ihm an Käte mitgenommen. Bei dieser Gelegenheit hatte sie auch Stefan gesehen, und der Bruder hatte sie und Stefan an den Händen genommen und mit warmer Herzlichkeit gesagt: »Was mein ist, gehört euch. Ihr sollt nicht Jahre warten, wenn ich es ändern kann. Laßt mich nur erst mit Kätes Vater im klaren sein, dann wollen wir über eure Angelegenheit reden."

Busso hatte Daniela erzählt, wo der Marchese in der Nacht nach dem Ball gewesen war. Sie konnte also Käte berichten, daß der Marchese seine Zeit in einem Spielklub und in übelster Gesellschaft verbrachte. Auch Frau Herder wußte davon. Und sie warteten nun alle voll Ungeduld auf die Nachricht vom Auskunftsbüro.

Heute saß nun Frau Herder mit Käte und Daniela am Teetisch, als ihr Gatte mit dem Marchese eintrat. Dieser ließ gleich wieder eine Flut von Schmeicheleien vom Stapel.

Daniela hatte sich erhoben, um die Tassen zu füllen und die Herren mit allem zu versorgen. Inzwischen hatte der Direktor das graue Samtetui vor Käte hingestellt und geöffnet.

»Sieh dir das einmal an, Käte! Es ist ein Familienkleinod des Marchese. Unser lieber Gast hat es mir mitgebracht, damit ich es in Verwahrung nehme. Im Hotel ist es ihm nicht sicher genug. Dieses herrliche Kunstwerk wird der Marchese seiner Braut schenken. Er besitzt noch eine Anzahl solcher Kostbarkeiten in seinem Florentiner Palast.«

Käte sah mit geringem Interesse auf das Kunstwerk vor ihren Augen. Der Vater schlug die beiden Deckel auseinander, und das Heiligenbild kam zum Vorschein.

In diesem Augenblick wollte Daniela ihm die Toastplatte reichen und erblickte nun den Reliquienschrein, den er vor Käte auftstellte.

Sie zuckte zusammen und hätte fast die Platte aus der Hand fallen lassen. Nur mit Mühe unterdrückte sie einen Aufschrei, denn sie erkannte sofort das geraubte Kleinod Frau Lentikoffs. Es konnte kein Irrtum sein, ein solches Kunstwerk existierte nicht zweimal!

Der Marchese hatte seine Blicke auf Kätes Gesicht geheftet und merkte nichts von Danielas schreckhaftem Erblassen. Sie aber starrte auf den Reliquienschrein, ihre Gedanken arbeiteten fieberhaft. Daß sie in diesem Moment die Fassung nicht verlor und ihre Überraschung hinausschrie, war ein Wunder. Aber es kam ihr zustatten, daß sie gelernt hatte, sich zu beherrschen. Sie war ein kluges, scharfsinniges Mädchen und sagte sich, als sie die erste Überraschung verwunden hatte, daß es galt, vorsichtig und besonnen zu sein. Erst mußte sie Gewißheit haben, daß dieser Gegenstand wirklich Frau Lentikoffs Eigentum war, und diese Gewißheit mußte sie sich um jeden Preis verschaffen, um Frau Lentikoff ihr schmerzlich vermißtes Kleinod zurückzuerobern. Vielleicht spielte ihr hier zugleich der Zufall ein Mittel in die Hände, Käte und dem Bruder zu helfen und den Marchese unschädlich zu machen.

Sie überlegte, was sie tun müsse. Wenn sie der armen Mutter das Bildnis ihres Sohnes wiederschaffen konnte, das durch ihre Unachtsamkeit verlorenging, unsagbar glücklich würde sie das machen.

Der Hausherr sagte in diesem Moment zu ihr: »Haben Sie sich das Kunstwerk angesehen, Fräulein Daniela? Ist es nicht wunderbar?«

Sie trat an den Tisch heran. »Wenn Sie erlauben, möchte ich es mir etwas genauer ansehen. Es ist sehr schön.« Sie beugte sich nieder und betrachtete es genau. Ihr Herz klopfte bis zum Hals hinauf. Kein Zweifel, es war der geraubte Reliquienschrein, sie kannte ja jede Kleinigkeit. Da war auch oben am Rand des goldenen Kastens, der die Reliquie und das Porträt des Grafen Dimitri barg, die kleine Schramme von rechts nach links über dem Kopf des Heiligen, die sie bemerkt hatte, als Frau Lentikoff ihr den Schrein zeigte. Nur ein haarfeiner Strich, wie von einer Nadel geritzt; aber er bewies ihr, daß sie wirklich das Eigentum Frau Lentikoffs vor sich hatte.

Sie wurde ganz ruhig, und Entschlossenheit kam über sie. »Das ist wirklich ein herrliches Kunstwerk, Herr Marchese. Sicherlich eine altitalienische Goldschmiedearbeit.«

Der Marchese neigte sein wohlfrisiertes Haupt ein wenig herablassend. »Es sein eine sehr alte Erbstück meiner Familie, und ich glaube, es sein gearbeitet von eine ganz große Künstler, der gelebt hat vor Jahrhunderte in Italien.«

Es zuckte leise um Danielas Mund. »Sie meinen vielleicht Benvenuto Cellini, Herr Marchese?«

»Ja – ja – den meinen ich.«

»Wann hat denn Benvenuto Cellini gelebt, Käte – weißt du das nicht?« fragte der Vater, der sich gern mit dem Wissen seiner Tochter brüstete.

Käte dachte nach. »Ich glaube, er ist im Jahre 1500 geboren und ungefähr siebzig Jahre alt geworden. Er hat wundervolle Goldschmiedearbeiten geschaffen.«

Daniela konnte, ohne daß es die anderen sahen, Käte ein Zeichen machen. »Wir könnten einmal im Lexikon nachsehen, Fräulein Käte. Es wäre doch interessant, festzustellen, ob dieses Kunstwerk wirklich von Benvenuto Cellini stammt.«

Käte las in Danielas Augen, daß diese ihr etwas zu sagen wünschte. »Ja, Daniela – bitte holen Sie den Band herbei.«

Daniela entfernte sich rasch, obwohl sie ungern den Reliquienschrein aus den Augen ließ. Sie beeilte sich, so sehr sie konnte, schrieb aber im Bibliothekszimmer einen Zettel, den sie in den Band hineinschob. Als sie zurückkam, legte sie den Lexikonband auf ein Tischchen am Fenster, weit genug vom Teetisch entfernt.

Mit bebenden Händen blätterte sie und suchte den

Namen des Künstlers. Nun kam Käte und beugte sich mit über das Buch. Daniela stand so, daß man vom Teetisch aus das Buch nicht sehen konnte. So konnte sie unbemerkt den beschriebenen Zettel über den Text legen, den sie gesucht hatte. Und Käte las:

»Ich bitte Dich um alles, was Dir heilig ist, bringe Deinen Vater dazu, daß er Dir das Heiligenbild in Verwahrung gibt! Ich muß es, wenn wir allein sein, untersuchen. Es steht Großes auf dem Spiel. Frage jetzt nicht – tue, um was ich Dich bitte.«

Käte steckte den Zettel wieder in das Buch hinein und sagte hastig: »Ah, da ist es ja: Benvenuto Cellini.«

Daniela las laut vor, was über den Künstler vermerkt war.

Käte kehrte nach einem Blick in Danielas Augen zum Teetisch zurück. »Schade, gerade über dieses Heiligenbild steht nichts im Lexikon. Andere Werke des Künstlers sind beschrieben, aber dies nicht«, sagte sie und griff nach dem Reliquienschrein. »Eine wundervolle Arbeit! Würden Sie mir gestatten, Marchese, daß ich dies Kunstwerk einige Tage in meinem Zimmer behalte, um mir alles in Muße betrachten zu können? Ich interessiere mich sehr für solche Altertümer, zumal, wenn sie so schön sind.«

Der Marchese verneigte sich. »Sie machen mir serr glücklich, Signorina. Ich haben kein anderer Wunsch, als Ihnen zu erfüllen alle Bitten.«

Käte wandte sich an den Vater. »Du erlaubst es doch auch, Vater? Ich werde es sorgsam verschließen.«

Dieser nickte mit Schmunzeln. Kätes Interesse an einem Gegenstand, der dem Marchese gehörte, machte ihm Hoffnung auf Erfüllung seines Wunsches.

Käte legte das Kunstwerk sorgsam wieder in das Etui.

Sie hatte gemerkt, daß Daniela erleichtert aufgeatmet

hatte. Sie fühlte, daß Daniela aus irgendeinem Grund, der mit dem Kunstwerk zusammenhing, sehr erregt war.

Daniela bebte vor Ungeduld, daß diese Teestunde ein Ende finden möge. Aber sie wurde auf eine harte Probe gestellt. Es war halb sieben Uhr, als der Marchese sich endlich entfernte. Der Direktor begleitete ihn hinaus.

Als die beiden Herren das Zimmer verlassen hatten, sagte die Hausfrau seufzend: »Wann werde ich endlich mein gemütliches Kaffeestündchen wieder haben? Ich gehe jetzt, mich ein bißchen von dem Geschwätz des Marchese zu erholen. Hoffentlich werden wir ihn bald los.«

Käte merkte Daniela an, daß sie nach einem Alleinsein mit ihr fieberte, und hielt die Mutter nicht auf. Sie küßte sie herzlich.

»Ja, Muttchen, ruhe dich aus bis zum Abendessen. Wir rufen dich, wenn es soweit ist. Du kannst ein Nickerchen machen.«

Als die Tür sich hinter ihr geschlossen hatte, sank Daniela wie kraftlos in einen Sessel und sah Käte mit brennenden Augen an.

»Aber Daniela, was hast du nur? Du bist ja so erregt. Ich habe gemerkt, wie deine Hände zittern. Weshalb sollte ich denn das Heiligenbild behalten?«

Daniela sprang auf, wie von neuer Kraft beseelt, faßte Käthes Hand. »Käte – liebe Käte, dies Heiligenbild ist das Kleinod, das Frau Lentikoff in Nizza gestohlen wurde! Du weißt, weshalb ich meine Stellung verlor."

Käte starrte sie fassungslos an. »Daniela! Und irrst du dich nicht?«

»Das sollst du gleich selbst sehen. Komm, laß uns in dein Zimmer gehen, damit wir ungestört sind.«

Als sie in Kätes Zimmer kamen, schloß Daniela die Zimmertür ab. Dann nahm sie mit bebenden Händen

den Reliquienschrein aus dem Etui. Sie zeigte auf die Schramme am oberen Rand des goldenen Kastens.

»Sieh hier, diese Schramme war schon damals vorhanden, als Frau Lentikoff mir den Schrein das erstemal zeigte.«

»Aber du sagtest doch, dies Kleinod sei die Hülle für das Bild des verstorbenen Sohnes von Frau Lentikoff gewesen – hier ist aber ein Heiligenbild.«

Daniela nickte erregt. »Jetzt sollst du gleich das Bild ihres Sohnes sehen. Sieh hier – dieser Rubin verbirgt eine Feder. Wer den Mechanismus nicht kennt, kann den Reliquienschrein nicht öffnen.«

»Ein Reliquienschrein ist das?«

»Ja, und der Marchese wußte es nicht einmal, obwohl es ein altes Familienerbstück sein soll. Also, sieh – ganz tief muß man den mittleren Rubin in das Ornament hineindrücken.«

Sie tat es, das Heiligenbild drehte sich sofort um die eigene Achse, und das Porträt des Grafen Dimitri Smolenski erschien.

Die beiden Mädchen stießen einen Ruf aus, Käte vor Überraschung, daß ein Porträt zutage kam, und Daniela, weil ihr etwas an diesem Bild auffiel. Sie starrte fassungslos auf das Porträt des jungen russischen Offiziers.

Sie wurde plötzlich ganz blaß. »Mein Gott, wie seltsam!«

»Was denn, Daniela?«

»Sieh doch! Da habe ich mir die ganze Zeit den Kopf zerbrochen, an wen mich Stefan Kolniko erinnert. Jetzt weiß ich es; an dies Bild!«

Käte beugte sich zu der Miniatur. »Wahrhaftig, du hast recht. Dieser hier könnte ein jüngerer Bruder von Kolniko sein.«

Daniela seufzte auf. »Stefan wird sich wundern, wenn ich ihm dies Bild zeige. Aber nun siehst du doch ein,

Käte, daß der Marchese zum mindesten ein Schwindler ist. Dies ist ganz sicher kein Familienerbstück des Geschlechtes der Salvoni. Der junge Offizier auf dieser Miniatur trägt eine russische Uniform und dieser Reliquienschrein ist nicht vor Jahrhunderten in Italien, sondern etwa im Jahre 1910 bis 1912 nach den Angaben des Gatten von Frau Lentikoff von einem russischen Goldschmied gearbeitet worden. Hältst du dies alles zusammen mit dem, was mein Bruder über den Marchese in Erfahrung gebracht hat, dann wirft es ein recht sonderbares Licht auf ihn.«

Käte atmete auf. »Aber was sollen wir nun tun, Daniela?«

Diese dachte nach. Dann sagte sie hastig: »Hier muß schnell gehandelt werden, Käte. Ich fürchte, der Marchese hat Böses mit deinem Vater im Sinn. Möglicherweise hat er ihn schon eine Summe Geldes gekostet, denn ich sah zufällig in der Brieftasche des Marchese, als er sie vorhin einmal aufklappte, einen Scheck liegen, der genau so aussah wie die Schecks, die dein Vater ausstellt.«

Käte strich sich über die Stirn. »Du hast recht, wir müssen etwas tun. Aber was? Soll ich meinem Vater alles sagen?«

Energisch schüttelte Daniela den Kopf. »Nein, damit wollen wir warten, bis ich mit Busso und Stefan gesprochen haben. Er könnte sonst alles verderben. Busso und Stefan werden mir raten, was zu tun ist. Aber ich muß sie gleich sprechen, heute abend noch. Du mußt mir helfen, Käte, daß ich fortkomme. Und du mußt mir den Schrein mitgeben.«

Käte nickte aufgeregt. »Ja, so wird es am besten sein. Ich werde Muttchen sagen, daß ich dich beurlaubt habe zu einem Besuch bei deinem Bruder. Und gleich gehe ich zu Vater hinüber und frage ihn, ob er das Auto braucht, sonst kannst du es benutzen.«

»Das wäre mir sehr lieb, dann bin ich schnell dort. Du kannst dir nicht vorstellen, was für eine Unruhe in mir ist. Ist es nicht eine wunderbare Fügung, daß der Marchese ausgerechnet in dasselbe Haus kam wie ich und den Schrein hierher brachte?«

»Es ist wie ein Wunder. Übrigens ist mir nun verständlich, warum der Marchese so besorgt war, daß ich dies Kunstwerk nicht fremden Menschen zeigen möge. Er hatte wohl seine Gründe, es in möglichster Verborgenheit zu halten. Wenn er meinem armen Vater nicht mit diesem Familienerbstück hätte imponieren wollen, hätte er es wahrscheinlich nicht mitgebracht. Aber nun mach dich fertig, Daniela, ich gehe zu Vater. Den Schrein nimmt gleich an dich.«

Daniela eilte in ihr Zimmer, und Käte trat bei ihrem Vater ein.

»Brauchst du das Auto heute abend noch, Vater?« fragte sie, ihren Arm um seinen Hals legend.

Er blickte stolz und zärtlich zu ihr auf. »Nein, Käte, warum?«

»Fräulein Daniela will ihrem Bruder einen Besuch machen, und ich möchte nicht gern, daß sie so spät allein unterwegs ist. Wenn du es nicht brauchst, könnte sie doch fahren.«

»Gern, es muß jeden Augenblick wieder hier sein.«

»Danke, Vater.«

XV

Stefan und Busso waren nach Geschäftsschluß in ihrer Wohnung. Die alte Christine trug das Abendessen auf. Die beiden scherzten ein wenig mit ihr, und sie sah ein Weilchen zu, wie es ihnen schmeckte.

Als sie dann das Geschirr abräumte, klingelte es draußen.

Stefan fuhr auf. »Das ist Daniela!«

»So spät kommt sie wohl nicht mehr.«

»Doch, es ist Daniela. Mir war, als hörte ich unten ein Auto vorfahren.«

Stefan sprang auf, und schon trat Daniela mit Christine ein. Sie begrüßte die beiden Freunde, während Christine hinausging.

Zärtlich nahm Stefan Daniela Hut und Mantel ab. Busso sah sie fragend an.

»Du kommst so spät, Daniela, daß ich meine, es müßte etwas Besonderes vorliegen. Und erregt siehst du aus, hast rote Wangen und glänzende Augen. Ist etwas geschehen?«

Daniela sank in einen Sessel und drückte das Paket, in dem sich das Etui befand, ans Herz. »Ja, es ist etwas Merkwürdiges geschehen. Mit zittern noch alle Glieder vor Aufregung.« Kurz berichtete sie alles.

Dann atmete sie tief auf und sah mit einem Lächeln zu Stefan auf, indem sie seine Hand faßte.

»Stefan, nun weiß ich auch endlich, an wen du mich erinnert hast: an das Bild des Sohnes von Frau Lentikoff. Du wirst sehen, es gleicht dir so sehr, als sei es das Bild deines jüngeren Bruders.«

Daniela packte aus und erzählte hastig, was sich sonst noch ergeben hatte.

»Hier bringe ich euch nun das Corpus delicti. Ihr müßt mir raten und helfen, wie ich es dem Marchese streitig machen kann. Denn das steht fest bei mir: Ich gebe es nicht wieder aus den Händen, bis ich es Frau Lentikoff zurückgeben kann!«

Sie hatte das Etui ausgepackt und entnahm ihm nun den Reliquienschrein. Als sie ihn vor sich hinstellte, schrie Stefan, der schon aufgeregt ihrer Erzählung gefolgt war, laut auf und starrte auf das Kunstwerk, als sei er von Sinnen. Die Geschwister erschraken über seinen Anblick. Er war leichenblaß geworden, und seine Züge waren verzerrt.

»Stefan, was ist dir?« fragte Daniela erschrocken.

Er blickte, wie aus einem schweren Traum erwachend, um sich. Und dann taumelte er auf den Reliquienschrein zu, umfaßte ihn mit zitternden Händen und drückte, ohne ein Wort zu sagen, den Rubin fest in das Ornament hinein. Als das Porträt des jungen russischen Offiziers zum Vorschein kam, brach er mit einem unartikulierten Laut in einem Sessel zusammen.

Nach einer Weile hob er den Kopf und starrte Daniela an.

»Um Gottes Barmherzigkeit willen – wem gehört dieser Schrein?« keuchte er.

»Frau Lentikoff, meiner früheren Herrin.«

Wie geistesabwesend strich sich Stefan über die Stirn. »Ich bin doch nicht wahnsinnig? Frau Lentikoff – Vater im Himmel – wer ist Frau Lentikoff, die das Bild für das ihres Sohnes ausgibt?« stieß er heiser hervor und sprang wieder empor.

Daniela strich ihm angstvoll über die Stirn. »Stefan, komm zu dir! Was erregt dich so?«

»Halte mich nicht für wahnsinnig, Daniela, wenn ich auch nahe daran bin, es zu werden. Dies Bild, dieser Reliquienschrein ist ein Geschenk meines Vaters an meine Mutter. Ich muß dir sagen, was ich dir schon längst mitteilen wollte, Daniela. Du mußt jetzt erfahren, wer ich in Wahrheit bin, denn hier herrscht ein so rätselhaftes Dunkel, daß ich um jeden Preis Licht schaffen muß. Also, ich heiße in Wahrheit nicht Stefan Kolniko, sondern Graf Dimitri Smolenski. Und dies Bild ist das meine, das ich für meine geliebte Mutter malen ließ in den Tagen des Glücks und des Friedens.«

Daniela sprang auf. Auch sie war jetzt leichenblaß vor Erregung. »Graf Dimitri Smolenski? O mein Gott! Der ist doch tot – niedergeschossen worden auf der Flucht, als er nach Sibirien deportiert wurde. Und seine arme Mutter beweint ihn seit Jahren. Frau Lentikoff ist, das muß ich jetzt sagen, die Gräfin Katharina Smolenski.«

Stefan stürzte wie zerbrochen vor dem Sessel in die Knie und preßte die Fäuste vor die Augen.

»Meine Mutter!« schrie er auf, daß die Geschwister erschauerten. Keuchend rang er nach Fassung, stieß endlich mühsam hervor: »Meine Mutter ist doch tot! Sie ist gestorben auf der Flucht aus Rußland, auf einer kleinen russischen Station, wo ich später vor ihrem verfallenen, namenlosen Grab gebetet habe. Man sagte mir, die Gräfin Smolenski sei in diesem Grab beerdigt.«

Jetzt begann es sich ein wenig in Danielas Kopf zu klären. Mit zitternden Händen beruhigend über seinen Kopf streichend, sagte sie erregt: »Das war ein Irrtum. Nicht die Gräfin Smolenski starb auf jener kleinen Station, sondern ihre Kammerfrau, die sie begleitete. Die Gräfin hörte, daß das Gerücht entstanden war, sie sei gestorben, aber in dem stumpfen Elend ihrer Lage war ihr das gleichgültig, und sie stellte den Irrtum nicht richtig.«

Stefan sah Daniela starr an, dann faßte er ihre Hände und barg mit einem Aufstöhnen sein Gesicht darin.

»Meine Mutter – ist es denn möglich? Meine Mutter lebt, und ich hielt sie für tot!«

Er zitterte vor Erregung.

Daniela und Busso sahen einander beklommen an.

»Du Ärmster, was mußt du gelitten haben!« sagte sie leise.

Er richtete das blasse, zuckende Gesicht zu ihr empor und umfaßte ihre Gestalt mit beiden Armen. »Daniela, Liebste – halte mich, halte mich, damit ich fühle, daß ich wach bin, daß nicht ein Traum mich narrt! Ich kann es nicht fassen, nicht verstehen, daß meine Mutter lebt. Sag es mir noch einmal, sag es mir noch einmal!«

Sie beugte sich über ihn und strich sanft und zärtlich über sein Haar. »Du kannst es mir glauben, du Armer, deine Mutter lebt. Sie war untröstlich über den Verlust deines Bildes, das ihr höchster Schatz war, und hat sich in ihre Villa am Comer See zurückgezogen, um sich zu erholen und Kräfte zu sammeln, damit sie die Welt nach diesem geraubten Kleinod durchsuchen kann. Dies Bild war das einzige, was sie noch von dir besaß. Alle anderen Familienbilder gingen auf der Flucht mit einem Koffer verloren. Ach, mein Gott, dies alles ist ja wie ein Wunder. Ich begreife, wie sehr es sich erregt.«

Er preßte sein Gesicht in ihr Kleid und hielt sie fest, als brauche er einen Halt. »Ein Wunder – ja, ein Wunder ist geschehen!«

»Mein lieber, lieber Stefan!«

Er schüttelte den Kopf. »Nenn mich Dimitri, Daniela, bitte, nenn mich Dimitri. Ach, wie wird es mir wohl tun, meinen eigenen Namen wieder zu hören! Kann es denn sein, daß ich meine Mutter wiederfinde? Wenn ich sie doch bald sehen könnte, damit ich mich überzeuge, daß sie es wirklich ist.«

Daniela atmete auf. »Leider besitze ich kein Bild von ihr. Sie hat ganz weißes Haar. Es bleichte, als sie die Kunde von deinem Tod vernahm und dein Vater bei dieser Nachricht an Herzschlag verschied. Aber – warte einen Augenblick –, da fällt mir ein, daß ich einen Brief deiner Mutter besitze. Ich las ihn durch, ehe ich zu euch kam, weil ich mich sehr über ihn freute und ihre Adresse aus dem Brief erfahren habe. Ich steckte ihn zu mir. Es ist der Brief, in dem sie mir ihre Verzeihung meldete. Du wirst wohl die Schrift deiner Mutter erkennen, die so charakteristisch ist.«

Dimitri sprang empor und entnahm einer kleinen Kapsel, die an seiner Uhrkette hing, einen schmalen Zettel. Darauf standen nur wenige Worte: »Mein Sohn, mein heißgeliebter Sohn: Gott mit dir!«

»Dieser Zettel wurde mir zugesteckt, als man mich aus dem Gefängnis führte und mit anderen Gefangenen zusammen deportierte. Ich habe ihn in meinen Kleidern verwahrt wie ein Heiligtum und später in dieser Kapsel geborgen. Das ist die Schrift meiner Mutter, ich kenne sie wie meine eigene.«

Daniela hatte inzwischen aus ihrer Handtasche den Brief Frau Lentikoffs genommen und reichte ihn Dimitri.

Er sah darauf nieder und preßte ihn dann an seine Lippen. »Kein Zweifel, das ist die Schrift meiner Mutter. Sieh selbst, vergleiche den Zettel mit diesem Brief!«

Busso kannte die Geschichte seines Freundes ziemlich genau, wußte auch, daß er ein Graf Smolenski war. Wie Danielas Enthüllungen auf ihn wirken mußten, konnte er mitempfinden, denn Dimitri hatte ihm oft erzählt, wie sehr er seine Mutter geliebt hatte.

Er legte den Arm um Dimitris Schultern. »Lieber Dimitri, so will ich dich nun auch in Zukunft nennen, denn deine Mutter, da sie noch lebt, kann dir deinen rechten Namen wiedergeben. Nun muß sich ja alles für dich zum Besten wenden.«

Dimitri zog dann Daniela fest in seine Arme. »Mein geliebtes Herz, du hast mich reich gemacht durch deine Liebe, nun machst du mich noch reicher, weil du mir meine Mutter wiedergibst. Aber jetzt erzähle mir alles, was du von meiner Mutter weißt. Frau Lentikoff – ich stutzte wohl, als ich eines Tages in Stockholm diesen Namen auf der Adresse eines Briefes von Busso an dich las, weil ein kleines Gut, das meinem Vater gehörte, so hieß und wir diesen Namen auch führten. Aber der Name ist nicht selten in Rußland, viele Menschen tragen ihn. Ich blieb ahnungslos, selbst als ich erfuhr, daß diese Frau Lentikoff, gleich meiner Mutter, eine Freundin der Baronin Berken war. Ich war ja von dem Tod meiner Mutter überzeugt, an deren Grab ich gebetet zu haben glaubte. Außerdem machte der Reichtum dieser Frau Lentikoff mich stutzig. Meinen Eltern war doch alles Vermögen genommen worden, man verbannte sie und schickte sie in Not und Elend. Du kannst dir denken, Daniela, daß es mich nun sehr erstaunt, wenn du meine Mutter eine reiche Frau nennst, die ein Cottage in England und eine Villa am Comer See besitzt.«

Daniela zog Dimitri neben sich nieder. Auch Busso setzte sich zu ihnen, und nun erzählte Daniela alles, was sie wußte.

Dimitri hatte seinen Arm um Daniela geschlungen und las ihre Worte vom Mund. Als sie alles, was sie wußte, berichtet hatte, atmete sie tief auf und sagte erschüttert:

»So lebte meine arme Mutter jahrelang in dem Wahn, daß ich tot sei, und grämte sich darum. Und ich betrauerte ihren Tod. Wir hätten noch Jahr um Jahr fern voneinander leben können, ohne etwas voneinander zu wissen. Gesegnet war die Stunde, als du zu meiner Mutter kamst, Daniela – sonst hätten sie und ich uns vielleicht nie wiedergefunden.«

Daniela streichelte sein Haar. »Aber nun sag mir, Liebster, wie kam es, daß deine Mutter dich für tot halten mußte, daß sie nie erfuhr, daß du noch am Leben warst?«

»Das will ich dir jetzt erzählen, Daniela.«

Dimitri sah eine Weile vor sich hin und begann dann aufatmend:

»Busso kennt meine Geschichte schon in großen Umrissen. Also, ich war eines Tages gefangengenommen worden, angeblich wegen politischer Umtriebe und als Mitglied einer Verschwörung. Meine Unschuldsbeteuerungen halfen nichts, es wurden sogenannte Beweise herbeigeschafft und ich zu lebenslänglicher Deportation nach den sibirischen Bergwerken verurteilt. Ich brauche euch nicht zu versichern, daß ich unschuldig war.

Genug, ich wurde deportiert, zusammen mit anderen Gefangenen, Unglücklichen wie ich, teilweise aber auch Schwerverbrechern, nach Sibirien transportiert und litt entsetzlich auf diesem Transport, wo wir schlimmer als Vieh behandelt wurden. Unsere Bewacher waren rohe Gesellen und vergnügten sich damit, unsere Leiden zu verschärfen. Auf mich hatten sie es besonders abgesehen, weil ich ihnen meine Verachtung zeigte.

Ich will dir nicht schildern, was ich gelitten habe, will dir nur sagen, daß ich lieber sterben als so weiterleben wollte.

Deshalb beschloß ich zu fliehen um jeden Preis. Lieber auf der Flucht umkommen in der sibirischen Schneewüste oder unter den Kugeln der Verfolger niederbrechen, als dies Leben länger ertragen.

In der Nacht, als wir in einer jener elenden Herbergsbaracken lagen, löste ich meine Fesseln mit einem Scherben, den ich gefunden hatte. Ich glitt von meinem Lager und gelangte an den betrunkenen Wächtern vorbei ins Freie. Wie mir das gelang, weiß ich heute nicht mehr. Genug, ich war frei und taumelte mit steifen Gliedern hinaus in die Nacht, über ein weites Schneefeld auf ein Gestrüpp zu, in dem ich Deckung zu finden hoffte.

Aber einer der Wärter war noch nicht ganz betrunken

gewesen und hatte im letzten Moment meine Flucht entdeckt. Er alarmierte die anderen, und nun wurde Jagd auf mich gemacht. Da ich auf ihren Anruf nicht stand, wurde ich niedergeschossen. Schwer verwundet lag ich am Boden und spürte, daß das Blut aus einer Wunde im Rücken in den Schnee rieselte. Ich fühlte langsam mein Bewußtsein schwinden, und das letzte, was ich hörte, waren die Worte eines der Aufseher: »Der Hund ist verreckt. Laßt ihn den hungrigen Wölfen zum Fraß liegen!«

Rote Funken tanzten vor meinen Augen, ich fühlte die Kälte durch meinen Körper kriechen und dachte: Das ist der Tod. Auch an meine armen Eltern mußte ich denken. Dann verlor ich das Bewußtsein.

Es kehrte noch einmal flüchtig zurück, als ich merkte, daß meine Leidensgenossen an mir vorübergeführt wurden. Der Transport ging weiter. Wie aus weiter Ferne hörte ich einen der Gefangenen bitten, man möge ihnen erlauben, mir ein Grab zu graben. Die Aufseher lachten zynisch, und einer meinte, das würden in der Nacht die Wölfe schon besorgen.

Ich rührte mich nicht, hielt die Augen geschlossen. Und dann war Nacht um mich und in mir. Wie lange ich gelegen hatte, weiß ich nicht. Als ich wieder zu mir kam, lag ich einer elenden Hütte auf einem Bündel von getrocknetem Steppengras. Über mich beugte sich ein verwitterter Greisenkopf und sah mich mit stumpfer Trauer an. Der Alte flößte mir einen heißen Trank ein, der bitter schmeckte, meinen Körper aber wohlig durchdrang. Er war mein Lebensretter. Nikolaus Kolniko, der hier als sibirischer Bauer sein Leben fristete und ein Stück des harten Bodens nach dem andern mühselig urbar gemacht hatte.

Vor ungefähr fünfzehn Jahren war er mit seinem Sohn, dessen Frau und zwei Enkeln in diese Wildnis verbannt worden, war dumpf und stumpf geworden in der gottverlassenen Einöde, hatte seine Familie im Lauf der Jahre durch den Tod verloren. In der Nacht, da er mich fand, war ihm auch sein zweiter Enkel, ein junger Mensch in meinem Alter, gestorben.

Nikolaus war in jener Nacht, verzweifelt über den Tod des letzten Menschen, der zu ihm gehörte, hinausgewandert, um irgendwo zu erfrieren, zu sterben, da ihn nichts mehr am Leben hielt. Von fern hatte er im Morgengrauen den Gefangenentransport vorüberziehen sehen und war weitergetaumelt auf der Suche nach dem Tod. Dann hatte er mich gefunden und gemerkt, daß noch Leben in mir war. Das hatte in ihm selbst wieder Lebensmut geweckt. Da lag ein junger Mensch vor ihm, der ohne ihn sterben mußte. Fast eine Stunde weit schleppte mich der brave Alte, der noch Bärenkräfte besaß, bis zu seiner Hütte. Er pflegte mich, verband meine Wunden und wärmte mich. Neben mir, auf einem anderen Strohlager, ruhte sein toter Enkel. Draußen fiel Tag und Nacht dichter Schnee, und das war gut. Denn der Schnee verwischte alle Spuren meiner Rettung. So wähnte man mich wohl von den Wölfen zerfleischt.

Als ich mich besser fühlte, erzählte ich meinem Retter offen mein Schicksal. Er sah mich unter seinen buschigen Augenbrauen hervor mit einem gütigen Blick an.

»Es gibt einen Weg der Rettung für dich: Du mußt als mein Enkel wieder auferstehen. Ich habe seinen Tod noch nicht melden können, da der Schnee so hoch liegt. Es ist gut für dich, daß ich es noch nicht getan habe. Eine Flucht aus Sibirien ist unmöglich. Und wenn sie dich greifen, wirst du in Ketten gelegt und noch viel härter behandelt. Hier bei mir hast du auch kein schönes Leben, wenn wir, meine Angehörigen und ich, auch nur wegen geringer Vergehen zu ›leichter‹ Arbeit verurteilt worden sind, das Land urbar zu machen. Aber es gibt eine

Hoffnung für dich, du kannst als mein Enkel bei mir bleiben. Ich gebe dir seine Papiere: du hast seine Größe, sein Alter, sein dunkles Haar und sogar die blauen Augen, die er von seiner baltischen Mutter erbte. Als meinem Enkel Stefan Kolniko steht dir eines Tages der Weg aus Sibirien wieder offen, wenn du Soldat werden willst. Wie sich dann dein Leben fügt, steht bei Gott. Aber ehe du dich meldest, laß einige Zeit vergehen, bis über deine Geschichte Gras gewachsen ist. Hier verändern sich die Menschen bald, und dich wird kaum einer erkennen, wenn du als Soldat Dienst tust. Vielleicht kannst du später Rußland verlassen und deine Eltern in der Verbannung suchen.«

So wurde ich Stefan Kolniko. Ich blieb bei meinem Lebensretter, bis er, nach fast zwei Jahren, seine Augen für immer schloß. Die Hoffnung, eines Tages freizukommen, hielt mich aufrecht. Ich erstarkte körperlich bei der einfachen, arbeitsamen Lebensweise. Und dann wurde ich Soldat und machte den Krieg mit als Stefan Kolniko. Danach floh ich ins Ausland, nach Finnland und nach Schweden, wo ich deinen Bruder traf. Das übrige weißt du, Daniela.

Natürlich war ich gezwungen, Stefan Kolniko zu bleiben, da ich keine anderen Papiere hatte. Während ich als Soldat in Rußland diente, versuchte ich, etwas über das Schicksal meiner Eltern zu erfahren, und es gelang mir zu ermitteln, daß meine Mutter auf dem Weg in die Verbannung auf einer kleinen Station verstorben sei, daß meinen Vater bei den einzigen Verwandten meiner Mutter ein jäher Tod ereilt habe. So stand ich ganz allein und mußte versuchen, mir ein neues Leben aufzubauen. Aber die Gleichgültigkeit gegen mein Geschick verlor sich erst, als ich in Stockholm mit Busso zusammentraf und eine Stellung erhielt, wo ich wieder Mensch unter gebildeten Menschen sein konnte. Bussos Freundschaft verdanke ich sehr viel.

Und als ich dich fand, Daniela, wußte ich, daß das Leben schön und lebenswert sein kann. Wie groß das Glück ist, das der Himmel mir mit dir in den Weg führte, das weiß ich freilich erst jetzt.«

Dimitri nahm Danielas Kopf in beide Hände und küßte sie mit andachtsvoller Innigkeit auf den Mund.

Sie hatte mit klopfendem Herzen zugehört und lag aufschluchzend in seinen Armen.

»Nicht weinen, mein Liebling, nicht weinen!« bat er.

»Ich denke an deine Mutter, Dimitri. Wird sie die Freude ertragen, die ihr bevorsteht? Wir müssen sehr behutsam mit ihr umgehen.«

»Meine Mutter! Meine Mutter lebt!« sagte er mit unbeschreiblicher Innigkeit.

»Sie könnte durch die Freude getötet werden, wenn sie dich plötzlich sähe. Dies Mutterherz hat zu viele Schmerzen ertragen. Sie muß erst vorsichtig vorbereitet werden.«

Die drei berieten nun aufgeregt, wie man das am besten tun könnte. Endlich wurde beschlossen, daß gleich heute abend ein Telegramm an sie aufgegeben werden sollte, damit die Gräfin erst einmal erfuhr, daß sie das Bild ihres Sohnes wiedererhalten sollte.

Daniela setzte das Telegramm auf. Es lautete:

»Reliquienschrein zufällig in fremdem Besitz gefunden. Bildnis unverletzt. Bringe es selbst, sobald Abreise möglich. Daniela.«

Daniela und Dimitri wollten gleich nach dem Fest abreisen. Busso riet, daß die alte Christine mitreisen solle.

»Es ist kein Mißtrauen gegen dich, Dimitri; aber wenn Daniela Gräfin Smolenski werden soll, müssen wir auf äußere Formen Rücksicht nehmen, schon deiner Mutter gegenüber.«

Daß Dimitri und Daniela Urlaub für die Reise bekommen würden, war zweifellos. Aber nun erörterte Busso andere Fragen von Wichtigkeit.

»Was tun wir mit dem Marchese? Daß er ein Schwindler ist, steht fest. Daß er diesen Reliquienschrein als Erbstück seiner Familie ausgab, ist einwandfrei Schwindel. Entweder hat er ihn selbst gestohlen, oder er hängt mit Diebesgesindel zusammen. Wir müssen ihn entlarven. Aber wie?«

»Ist es nicht das richtigste, wenn wir Direktor Herder einweihen?« fragte Dimitri.

Busso wehrte ab. »Vorläufig nicht, da müssen wir beweiskräftiges Material haben. Der Direktor ist vernarrt in diesen Schwindler. Er würde vielleicht dem Marchese verraten, was gegen ihn im Gange ist. Auch müssen wir uns hüten, den Marchese etwas von unserem Verdacht merken zu lassen, sonst verschwindet er.«

»Solche Gauner muß man unschädlich machen. Wenn ich nur Nachricht aus Florenz hätte! Ich bin sicher, der Palazzo mit den achtzig Zimmern ist ebenfalls ein aufgelegter Schwindel. Ich halte den Mann überhaupt nicht für einen Marchese.«

»Ich taxiere ihn auf einen Friseur oder einen Kellner. Aber was willst du gegen ihn unternehmen? Geschehen muß doch etwas.«

»Selbstverständlich. Ich werde morgen die Post noch abwarten. Hoffentlich bringt sie endlich Nachricht aus Florenz.«

»Jedenfalls bekommt der Marchese den Reliquienschrein nicht wieder!« sagte Daniela energisch.

»Auf keinen Fall, das steht fest«, stimmte ihr Dimitri bei.

Daniela sah nach der Uhr. »Mein Gott, schon so spät,

ich muß nach Hause! Der Chauffeur wird ungeduldig sein, weil ich ihn so lange warten ließ.«

»Grüße Käte herzlich. Erzähle ihr alles, doch soll sie ihrem Vater auf keinen Fall etwas verraten. Den Reliquienschrein nimmst du wieder mit und verwahrst ihn, da wir ihn eventuell zur Überführung des Schwindlers brauchen.«

»Oh, wir werden diesen abscheulichen Marchese schon unschädlich machen!«

»Du bist ein tapferes Mädchen, Daniela«, sagte Dimitri zärtlich und zog sie in seine Arme.

Sie küßten sich innig und sahen sich tief in die Augen. Dann machte sich Daniela frei und sagte:

»Jetzt will ich rasch noch Christine vorbereiten, daß sie mit nach Italien reisen muß. Das wird ihr nicht leicht eingehen. Sie wird staunen, Dimitri, daß du der Sohn von Frau Lentikoff bist, die sie kennt, da deine Mutter zuweilen bei der Baronin Berken logiert hat. Sie weiß, wie sehr deine Mutter ihren verlorenen Sohn beweint hat.«

Man rief Christine, und die gute Alte stand den Ereignissen fassungslos gegenüber. Aber als Daniela sie lachend umarmte und ihr versicherte, daß Busso inzwischen das Haus hüten werde, entschloß sie sich, die weite Reise mitzumachen. Sie gratulierte dem Brautpaar, aber alles begriff sie nicht sogleich, was man ihr erzählte.

Käte hatte voll Ungeduld auf Daniela gewartet. Diese fiel ihr um den Hals.

»Liebste Käte, zanke nicht, daß ich so lange ausblieb. Es hat sich so unglaublich viel ereignet. Aber erst einmal tausend Küsse von Busso. Alles muß ich dir der Reihe nach erzählen. Es gibt wirklich Wunder im Leben. Laß mich nur erst ablegen.«

Sie gingen in das Wohnzimmer, wo sie Frau Herder behaglich in einer Sofaecke fanden.

Lächelnd sah die alte Dame auf. »Nun, zurückgekehrt, Fräulein Daniela?«

Daniela nickte. »Liebe gnädige Frau, ich habe einen ganzen Roman erlebt, und nun will ich Ihnen erzählen.«

Daniela legte das Paket auf den Tisch. Ein Diener brachte das Abendessen für Daniela, und diese sagte zu Käte: »Käte, während ich esse, pack doch bitte den Reliquienschrein aus und erzähle deiner Mutter, was ich dir darüber erzählt habe. Aber bitte, gnädige Frau, erst müssen Sie mir versprechen, über alles, was Sie jetzt hören, strengstes Stillschweigen zu bewahren, auch Ihrem Gemahl gegenüber. Oder vielmehr, ihm gegenüber in der Hauptsache.«

»Es hängt wohl mit Weihnachten zusammen?«

»Nein, Muttchen. Aber versprich Daniela ruhig, was sie verlangt.«

»Nun gut, ich werde schweigen.«

Während Daniela aß, packte Käte den Reliquienschrein aus.

»Das ist doch das Familienerbstück des Marchese?«

»Ja, Muttchen, oder eigentlich nein. Du wirst staunen.«

Daniela hatte einige Bissen gegessen, aber nun sprang sie auf.

»Nein, ich kann nicht essen, ich bin so aufgeregt, daß ich nicht weiß, wo ich anfangen soll. Dieser Reliquienschrein, gnädige Frau – daß es einer ist, weiß der Marchese nicht, obwohl er ein Familienerbstück sein soll. Das ist aber Schwindel. Sehen Sie, hier, gnädige Frau, in dieser kleinen goldenen Kapsel ist ein Splitter vom heiligen Kreuz und hier – das Bild eines jungen russischen Offiziers.«

Frau Herder setzte ihre Brille auf und sah das Bild an.

»Ein russischer Offizier? Wahrhaftig! Und – warten Sie doch – wem sieht er ähnlich? Ach, richtig, ich habe es: Herrn Kolniko!«

Daniela atmete tief auf. »Er sieht ihm nicht nur ähnlich, er ist es. Es ist ein Jugendbildnis von ihm.«

»Daniela!« rief Käte erstaunt.

»Käte, Stefan Kolniko, mit dem ich mich verlobt habe, ist in Wirklichkeit Dimitri Smolenski, der Sohn von Frau Lentikoff, die, wie ich schon früher wußte, eine Gräfin Smolenski ist. Und Dimitri ist ihr Sohn, den sie tot geglaubt hat und der durch ein Wunder gerettet wurde.«

Vor Erregung stürzten Daniela wieder die Tränen aus den Augen; sie nahm schnell einen Schluck Tee und erzählte Mutter und Tochter so klar, wie es ihr möglich war, alles, was mit dem Reliquienschrein zusammenhing.

Die beiden lauschten mit atemlosem Interesse ihrem Bericht.

»Das ist wirklich ein ganzer Roman«, sagte Frau Herder, »und mir scheint, mein guter Mann wird mit seinem Marchese eine bittere Enttäuschung erleben. Wenn Salvoni diesen Reliquienschrein damals in Nizza nicht selbst gestohlen hat, hat er ihn jedenfalls nicht auf ehrliche Art erworben. Daß er geschwindelt hat, steht unbedingt fest.«

Sie blieben noch lange beieinander sitzen und besprachen die seltsamen Ereignisse.

XVI

Am nächsten Morgen erhielt Busso aus Florenz die sehnlich erwartete Auskunft. Sie lautete:

»Marchese Salvoni, der einzige noch lebende Träger dieses Namens, ist am 18. Februar 1867 geboren. Er besitzt keinen Sohn, sondern nur eine Tochter, die sich mit Conte Vechino vermählt hat und mit diesem im Palazzo Salvoni wohnt, wie auch Marchese Salvoni. Dieser ist schon seit Jahren nicht einen Tag von Florenz abwesend gewesen. Wenn Sie noch weitere Details wünschen, erwarten wir neuen Auftrag.«

Busso schwenkte den Briefbogen triumphierend wie eine Fahne durch die Luft.

»Jetzt haben wir ihn, den Herrn Marchese!«

Er reichte Dimitri das Blatt hinüber. Dieser las es durch. »Also kann unser ›Marchese‹ unmöglich der Marchese Salvoni sein. Wer weiß, wer der Gauner ist. Was meinst du, wollen wir ihm nicht die Polizei auf den Hals hetzen?«

»Das wird gewiß besorgt. Aber warte noch ein Weilchen, lieber Dimitri. Ich möchte doch meinem lieben Schwiegervater in spe eine allzugroße Blamage ersparen. Das Material, das wir haben, sollte genügen, um ihn von seinem Wahn zu heilen. Zudem besitzen wir in dem Reliquienschrein ein Beweisstück von unschätzbarem Wert. Wir besprechen das heute noch mit Käte und Daniela. Ich telefoniere zur Villa Herder und bitte die beiden für heute mittag hierher.«

»Tue das, Busso. Mich entschuldigst du im Büro, ich will auf das Paßamt. Du kannst dir denken, daß mir der Boden unter den Füßen brennt und daß ich die Minuten zähle, bis ich meine Mutter wiedersehe.«

Als sie zur Mittagspause nach Hause kamen, wurden sie schon von Käte und Daniela erwartet.

Sie besprachen die Angelegenheit zusammen, und als Busso dann Käte erklärte, er wolle ihrem Vater möglichst eine Beschämung ersparen, gab sie ihm einen Kuß.

Es war gegen vier Uhr, als Direktor Herders Auto in den Fabrikhof einfuhr. Einige Minuten später fragte Busso telefonisch bei ihm an, ob er in einer dringenden Angelegenheit für ihn zu sprechen sei.

»Natürlich, lieber Doktor. Ich erwarte Sie sofort.«

Gleich darauf stand Busso vor ihm. Direktor Herder saß an seinem Schreibtisch und deutete auf einen Sessel.

»Setzen Sie sich, Doktor, und schießen Sie los. Haben Sie etwa schon wieder eine Erfindung gemacht? Oder was haben Sie sonst auf dem Herzen?«

Busso sah sein Gegenüber an und sagte fest und bestimmt. »Herr Direktor, ich bin gekommen, um Sie darüber aufzuklären, daß der Marchese ein Schwindler ist, der die Absicht hat, Sie in erheblicher Weise zu schädigen, falls er es nicht schon getan hat.«

Herder bekam einen puterroten Kopf. »Was erlauben Sie sich! Sie sprechen von einem mir sehr lieben und werten Gast meines Hauses, von einem Mann, der bald mein Schwiegersohn sein wird.«

Busso behielt seine Ruhe. »Bitte, Herr Direktor, wollen Sie zunächst diese Auskunft aus Florenz einsehen.«

»Sie haben eine Auskunft eingeholt? Mit welchem Recht?«

»Darüber werde ich Ihnen später Auskunft geben. Bitte, lesen Sie.«

Der Direktor stutzte beim Lesen und sah Busso unsicher an. »Hm, das ist allerdings eine seltsame Auskunft.«

»Aus der aber deutlich hervorgeht, daß der Marchese Salvoni – der einzig seines Namens – schon ein sehr alter Herr ist und sich in Florenz, nicht in Berlin aufhält. Aber das ist noch nicht alles.«

Busso erzählte nun die Angelegenheit mit dem Reliquienschrein, und danach schilderte er, wie er und sein Freund dem Marchese in der Ballnacht gefolgt waren und wie und wo sie ihn dann gesehen hatten.

Da wurde dem Direktor immer beklommener zumute. Schließlich starrte er Busso blaß und erregt ins Gesicht.

»Das ist allerdings – das, Herrgott noch einmal – so ein verdammter Schwindler!«

Er sprang auf und kam in Wut. Schließlich ballte er die Fäuste. »Mich so hereinzulegen! Dieser elende Schuft! Und knöpft mir noch fünfzigtausend Mark ab für den gemausten Reliquienschrein. Da bin ich schön blamiert! Das ist ja unerhört! Dem Kerl schlage ich die Knochen entzwei! Mir so eine gemeine Komödie vorzuspielen!«

Und dann blieb er plötzlich vor Busso stehen. »Sie können mich alten Esel auslachen, Herr Doktor, ich erlaube es Ihnen, denn ich habe es verdient.«

Busso schüttelte den Kopf und erhob sich. »Sie brauchen sich keine Vorwürfe zu machen, Herr Direktor. Ihre einzige Schuld ist, daß Sie einem Menschen zu sehr vertraut haben, weil Sie ihn eben für einen durchaus vornehmen Mann hielten.«

»Wie stehe ich nun vor meiner Frau und meiner Tochter da?«

»Ich glaube, Sie können noch immer das Heft in der Hand behalten, auch Ihrer Familie gegenüber. Verbünden Sie sich mit mir, um diesen Schwindler unschädlich zu machen. Dann werden Sie wieder über der Situation stehen.«

»Selbstverständlich, sonst würde ich ja noch mehr dem Fluch der Lächerlichkeit anheimfallen. Ich setze mich sofort mit der Polizei in Verbindung.«

»Gestatten Sie mir, daß ich Sie begleite?«

»Gewiß, das ist mir sogar lieb. Und – warten Sie – morgen ist Weihnachten, und für morgen abend ist dieser Schwindler bei mir eingeladen. Also werde ich ihn einfach in meinem Haus verhaften lassen, natürlich noch vor der Bescherung. Herrgott, daß ich so ein Esel war! Aber das soll mir der saubere Patron büßen.«

Er ging wieder aufgeregt hin und her und blieb dann jäh vor Busso stehen. »Und dieser Schuft hat es gewagt, meiner Käte von Liebe zu sprechen! Wenn sie sich nun in ihn verliebt hätte? Das wäre ein schönes Malheur geworden. Und ich wäre schuld daran gewesen.«

»Es ist ein großes Glück, Herr Direktor, daß er Ihrer Tochter gleichgültig blieb, ein sehr großes Glück!«

Herder stutzte und sah Busso scharf an. »Hm. Merkwürdig, daß Sie so scharfblickend waren. Sollten Sie etwa ein besonderes Interesse gehabt haben, dem Marchese auf die Figur zu gucken?«

Busso hielt den Blick des alten Herrn ruhig aus.

»Vielleicht, Herr Direktor –« er zögerte einen Moment, aber dann beschloß er, Farbe zu bekennen. »Das soll heißen, Herr Direktor, daß ich Ihre Tochter liebe, von ganzem Herzen und von ganzer Seele.«

Der Direktor starrte ihn an. Bussos Worte trafen ihn bis ins Herz. Es lag echtes, warmes Gefühl darin. Das klang freilich anders als des »Marchese« süßliches: »Ich sein so serr verliebt in die Signorina.«

»Verdammter Schwindler!« schrie er wieder zornig.

Busso zuckte zusammen. Da merkte Herder, daß er ihn mißverstanden hatte, und machte eine abwehrende Bewegung. »Ich meine natürlich diesen Halunken. Also Sie lieben meine Tochter?«

»Ja.«

»Und weiß meine Tochter das?«

»Ja.«

»Erwidert wohl gar Ihre Gefühle?«

»Ja.«

»So, so! Und dazu soll ich nun wohl auch ja sagen?«

»Wenn Sie das Glück Ihrer Tochter wollen, ja.«

»Und wenn ich nicht ja sage?«

»Das wäre sehr traurig, denn dann müßten wir ohne ihre Einwilligung heiraten.«

Der alte Herr lachte hart auf. »So? Und wenn ich meine Hand von meiner Tochter abziehe?«

»Ich bin selber Manns genug, um für meine Frau sorgen zu können.«

»Meine Tochter ist sehr verwöhnt.«

»Aber sie würde trotzdem zu mir halten, dafür ist sie die tüchtige Tochter tüchtiger Eltern.«

»Herr Doktor! Wer sind Sie eigentlich, daß Sie sich erkühnen, die Hände nach meiner Tochter auszustrecken?«

»Erstens bin ich ein Mann, Herr Direktor, der ein ehrliches Herz zu bieten hat und den ehrlichen Willen, Ihre Tochter glücklich zu machen. Zweitens bin ich Doktor Falkner, ein, wie ich glaube, tüchtiger Ingenieur, der auch eigene Ideen hat und nicht auf den Kopf gefallen ist. Und drittens bin ich aus so guter Familie, daß Graf Smolenski sich mit meiner Schwester verlobt hat und sie heiraten wird.«

»Fräulein Daniela hat sich mit diesem Grafen Smolenski verlobt? Wann denn?« fragte Herder.

»Auch am Ballabend.«

Der alte Herr fuhr sich durch das Haar. »Habe ich Ihnen nicht schon vor Wochen gesagt, daß dieser Herr Kolniko kein Geschäftsmann ist und daß er so etwas Besonderes an sich hat?«

»Ja, und ich bewunderte damals Ihren Scharfblick.«

»Wußten Sie da schon, daß er ein Graf ist?«

»Ja. Ich weiß es schon seit langer Zeit.«

»Na, das hätten Sie mir auch sagen können. Da hat nun all die Zeit ein richtiger Graf in meinem Haus verkehrt, und ich habe es nicht gewußt. Und Ihre Schwester wird nun Gräfin Smolenski?«

»Ja.«

Das alte Steckenpferd des Direktors tummelte sich schon wieder in lustigen Sprüngen. Er überlegte, daß es sehr nett klingen würde, wenn er sagte: »Meine Tochter, die Schwägerin der Gräfin Smolenski.« Oder: »Wir erwarten heute unsere Verwandten, den Grafen und die Gräfin Smolenski.«

Bussos Chancen waren schon gestiegen durch seine mannhaften, warmen Worte; sie stiegen nun noch mehr durch seine Verwandtschaft mit dem Grafen Smolenski.

»Na also, Herr Doktor Falkner, ich erwarte Ihre formelle Werbung um die Hand meiner Tochter.«

Da strahlten Bussos Augen auf. »Herr Direktor!«

»Na, wir wollen doch nun die Förmlichkeit beiseite lassen. Ein Prachtkerl sind Sie, Doktor Falkner! Und einen Stein haben Sie schon immer bei mir im Brett gehabt. Sie sollen meine Tochter haben, denn wenn Käte doch nun mal glaubt, nur mit Ihnen glücklich werden zu können – zum Tyrannenvater habe ich kein Talent. Das Weitere in dieser Angelegenheit vereinbaren wir morgen abend. Jetzt gehen wir erst mal zur Polizei, um das Nötigste zu veranlassen. Sie begleiten mich.«

XVII

Der »Marchese Salvoni« hatte keine Ahnung, was für eine Weihnachtsüberraschung ihm blühte, als er am Abend die Villa Herder betrat.

Strahlend, tadellos gekleidet, eine Blume im Knopfloch, erschien er auf der Bildfläche. Er wurde von der Familie und ihren Gästen in dem prächtigen großen Empfangssalon erwartet.

Als er Busso und Dimitri erblickte, glimmte ein böses Funkeln in seinen Augen auf. Er beschränkte sich darauf, die beiden Herren mit einem herablassenden Neigen seines wohlfrisierten Hauptes zu begrüßen. Auch Daniela mußte sich mit einem knappen Nicken begnügen, während der »Marchese« die Familie Herder mit seiner üblichen Redeflut überschüttete.

Als er dem Hausherrn die Hand hinstreckte, legte Herder die seine nicht hinein. »Einen Augenblick, Marchese. Ehe das Weihnachtsfest beginnt, habe ich noch eine kleine Abrechnung mit Ihnen ins gleiche zu bringen. Wollen Sie mir bitte sofort aushändigen, was Sie noch an barem Geld bei sich tragen.«

Der Marchese sah in verdutzt an. »Oh – das sein wohl eine kleine Scherz, Herr Direktor?«

»Allerdings, eine ganz kleine Scherz, aber mit verdammt ernstem Hintergrund. Also bitte, händigen Sie mir sofort aus, was Sie von den fünfzigtausend Mark noch bei sich haben, die Sie mir unter falschen Vorspiegelungen abschwindelten. Das Pfand, das Sie mir gaben, hat sich nämlich inzwischen als das Eigentum einer anderen Person erwiesen.«

Der »Marchese« gab seine Pose noch nicht auf, er faßte sich sofort. »Was sein das für eine Sprache, Herr Direktor? Ich muß serr bitten! Wie soll ich das verstehen? Ich sein serr empört! Ein Marchese Salvoni brauchen sich nicht so etwas gefallen lassen.«

»Ein Marchese Salvoni nicht. Aber Sie sind kein Marchese Salvoni, sondern ein ganz gemeiner Schwindler. Also: das Geld!«

Der »Marchese« zuckte vornehm indigniert die Schultern.

»Man sollen sich nicht einlassen mit Pöbel! Aber ich geben Ihnen selbstverständlich Ihre Geld zurück, soviel ich noch haben bei mir. Den Rest werden ich lassen anweisen durch die Bank. Hier sein noch in meine Brieftasche –« er zählte und ließ dabei einige Tausendmarkscheine geschickt in einem Nebenfach seiner Brieftasche verschwinden – »zwanzig« – dreißig – dreiunddreißigtausend Mark. Also ich schulden Ihnen noch siebzehntausend Mark. Aber ich darf bitten um Zurückgabe von mein Pfand, das eine Erbstück ist.«

Der Direktor nahm das Geld an sich. »Eine Erbstück!« äffte er ihm wütend nach. »Das müssen Sie auf sonderbare Weise geerbt haben. Es ist Ihnen wohl in Nizza so von ungefähr in die Finger gelaufen, als es dort einer russischen Dame gestohlen wurde, während die Eigentümerin ohnmächtig war und ihre Gesellschafterin sich um sie bemühte? Diese Gesellschafterin ist nämlich hier anwesend. Es ist Fräulein Daniela Falkner, die Sie wiedererkennt.«

Mit den letzten Worten klopfte Direktor Herder natürlich nur auf den Busch.

Jetzt verlor der »Marchese« die Fassung. Mit einem fluchtartigen Satz wandte er sich zur Tür. Aber diese Tür hatte sich schon vorher leise geöffnet, und ein Polizeikommissar und zwei Polizisten hatten sich lautlos an der offenen Tür postiert.

Der »Marchese« stand einen Moment diesen dreien gegenüber, dann wandte er sich hastig und wollte auf das Fenster zu.

»Halt – oder ich schieße!« rief der Kommissar. Da blieb der »Marchese« stehen und sah sich in tückischer Ratlosigkeit um.

Der Kommissar trat an ihn heran und verlangte seine Papiere.

Giuseppe Salvatore, der Kellner, sah ein, daß seine

Rolle als Marchese Salvoni ausgespielt war. Seine gefälschten Papiere konnten wohl einen Laien täuschen, aber nicht das Auge des Gesetzes.

Außerdem befanden sich in seiner Brieftasche, die der Kommissar durchsuchte, seine richtigen Papiere und fünf Tausendmarkscheine, die er hatte verschwinden lassen. Diese händigte der Kommissar dem Direktor ein.

Ehe es sich Giuseppe Salvatore versah, war er verhaftet und wurde abgeführt.

Der Direktor sah ihm mit einem wütenden Blick nach.

»So ein Gauner! Aber nun ist wenigstens die Luft rein. Und jetzt wollen wir gemütlich Weihnachten feiern.«

Es wurde wirklich eine sehr behagliche Weihnachtsfeier, die ihren Höhepunkt erreichte, als Direktor Herder seine Tochter an ihren Gabentisch führte.

»Du findest hier alles erfüllt, Käte, was ich dir an Wünschen habe ablauschen können. Da ich es mir in den Kopf gesetzt habe, daß du dich verloben sollst und der ›Marchese‹ mich enttäuscht hat, habe ich gleich wieder neue Heiratspläne gemacht. Ich weiß bereits eine andere Partie für dich, Käte, und diesmal wird mich nichts davon abhalten, meinen Willen durchzusetzen«, sagte er.

Käte wurde sehr blaß. Sie bekam einen furchtbaren Schreck. Kaum war dies Gespenst aus dem Haus, da verrannte der Vater sich schon wieder in einen Heiratsplan für sie.

»Vater, laß doch heute dies Thema ruhen!« bat sie unruhig.

Er schütteltet energisch den Kopf. »Nein, nein, ich habe es mir nun einmal in den Kopf gesetzt, daß du dich heute, am Weihnachtsabend, verloben sollst, und habe den Bräutigam schon hier. Einen, mit dem du eher zufrieden sein wirst als mit dem Talmi-Marchese. Im übrigen bemerke ich heute einen Mangel an Scharfsinn bei meiner Tochter: die Auswahl ist doch nicht groß an heiratsfähigen Herren. Graf Smolenski ist bereits verlobt; wer bleibt denn da übrig?«

Käte sah Busso an, in seine glückstrahlenden Augen. Und da flog sie in seine ausgebreiteten Arme.

Frau Herder wischte verstohlen die Tränen aus ihren Augen, und ihr Gatte faßte ihre Hand.

Aber nun löste sich Käte aus Bussos Armen und eilte auf den Vater zu. »Vater, mein lieber, guter Vater, ich danke dir innig für dieses herrliche Weihnachtsgeschenk!« Und sie küßte ihn herzlich.

Er schob sie der Mutter in die Arme. »Frag nur erst, ob Mutter mit deiner Wahl einverstanden ist.«

Diese nahm ihr Kind in die Arme.

»Sei glücklich, Käte, und mache glücklich!«

Dann reichte sie auch Busso die Hand, der sie an die Lippen führte und bittend sagte: »Lassen Sie mich Ihr Sohn sein, liebe Mutter.«

Die sonst so schüchterne alte Dame nahm seinen Kopf in beide Hände, küßte ihn auf die Stirn und sagte bewegt: »Mein lieber Sohn, mach meine Käte glücklich, dann will ich dich lieben wie ein eigenes Kind.«

Frau Lentikoff war in ihre Villa am Comer See übergesiedelt und lebte dort in strengster Zurückgezogenheit, nur auf ihre Gesundheit bedacht.

Natascha umgab, wie immer, ihre Herrin mit treuer Fürsorge. So kam das Weihnachtsfest heran, und Frau Lentikoff bescherte ihre Leute und gab Natascha Geld, damit sie einer Anzahl armer Kinder eine Freude machen solle.

Sie selbst sah von jeder Feier ab. Mit geschlossenen Augen, fröstelnd, in eine Pelzjacke gehüllt, saß sie am Kamin und dachte an vergangene Zeiten. Was für glückliche Weihnachtsfeste hatte sie einst erlebt!

In ihre Träume hinein tönte die Hausglocke. Sie schrak auf. Wer begehrte jetzt noch Einlaß in ihr stilles Haus? Nach einer Weile klopfte es an die Tür, und Natascha trat ein. »Mütterchen, ein Telegramm für dich.«

Die alte Dame sah verwundert auf das zusammengefaltete Papier. Was sollte ihr das? Sie war längst nicht mehr gewohnt, so eilige Botschaften zu erhalten. Aber sie streckte doch die Hand aus.

»Mach Licht, Natascha!«

Die Alte schaltete das elektrische Licht ein. Frau Lentikoff richtete sich auf und öffnete das Telegramm. Und las Danielas Worte, die ihr das Wiederfinden ihres Kleinodes meldeten.

Ein schluchzender Laut kam über ihre Lippen.

Besorgt blickte Natascha in ihr bleiches Gesicht. »Mütterchen, hast du schlechte Nachricht bekommen?«

Mit großen Augen sah die Gräfin Natascha an und preßte die Hände auf das Herz.

»Natascha! Das Bild, meines Sohnes Bild, ich bekomme es wieder. Es ist gefunden!« sagte sie leise.

Natascha eilte an ihre Seite, und ihre sanften Augen strahlten. »Mütterchen – alle Heiligen seien gelobt!« sagte sie bewegt.

Die Gräfin faltete die Hände. »Natascha, siehst du, wenn man erst alles, alles verloren hat, dann kann man nur noch gewinnen. Fräulein Daniela bringt es mir. Oh, ich will sie fürstlich dafür belohnen!«

»Wann wird sie kommen?«

»Das weiß ich nicht. Hoffentlich sehr bald. Ich werde die Minuten zählen. Nun geh wieder, Natascha, laß mich allein mit meiner Freude. Ich habe nicht geglaubt, daß ich jemals noch solche Freude empfinden könnte.«

Gleich am nächsten Morgen sandte sie ein Telegramm an Daniela:

»Tausend Dank für frohe Nachricht. Bitte, kommen Sie

sobald wie möglich. Keine Kosten scheuen. Ich warte voll Sehnsucht. Katharina Lentikoff.«

Zwei Tage vergingen dann in unruhiger Erwartung und Sehnsucht. Dann traf wieder ein Telegramm von Daniela ein, schon aus München, das ihre Ankunft meldete.

Die Gräfin sandte zur festgesetzten Zeit einen Wagen zum Bahnhof. Daniela, die mit Dimitri und Christine die Reise zurückgelegt hatte, trennte sich schon im Zuge von ihnen. Sie wußte nicht, ob die Gräfin selbst von ihrer Ungeduld zum Bahnhof getrieben worden war.

Aber nur Natascha begrüßte Daniela mit lebhafter Freude und führte sie zu dem wartenden Wagen.

Dimitri und Christine begaben sich in das nächste Hotel. Dort sollte Dimitri auf Danielas Ruf warten, nachdem sie seine Mutter vorbereitet hatte.

Daniela fuhr mit Natascha zu der Villa am See.

Frau Lentikoff, wie immer in schwarzer Seide, sah Daniela mit fragenden Augen entgegen.

Diese eilte auf sie zu und küßte ihr die Hand.

»Liebe, teure gnädige Frau, wie freue ich mich, Sie wohlauf zu sehen!«

Die alte Dame legte den Arm um ihre Schulter.

»Mein liebes Kind, sagen Sie mir nur erst das eine: Bringen Sie mir mein Kleinod zurück?« fragte sie heiser.

»Ja, gewiß, sonst wäre ich nicht gekommen.«

Da zog die alte Dame Daniela in ihre Arme und küßte sie auf die Wange. »Gesegnet sollen Sie sein für alle Zeit, daß Sie mir so Gutes tun!«

Daniela legte in der Halle Hut und Mantel ab und entnahm einer Reisehandtasche das Paket mit dem Reliquienschrein.

»Nun will ich Ihnen Ihr Eigentum zurückgeben und berichten, wie ich es wiederfand.«

Sie betraten ein reizend ausgestattetes Zimmer. Im

Kamin brannte ein helles Holzfeuer, und dort nahmen sie Platz.

Daniela packte das Samtetui aus. »Den Juchtenkoffer bringe ich Ihnen leider nicht zurück, gnädige Frau; aber das Etui und vor allen Dingen der Inhalt ist völlig unversehrt.«

Sie überreichte es der Gräfin, die es gleich öffnete und den Reliquienschrein mit inbrünstiger Gebärde an das Herz drückte.

Nachdem sie etwas ruhiger geworden war, berichtete Daniela ausführlich, ohne vorerst von Dimitri zu sprechen, was geschehen war.

Die Gräfin drückte ihre Hand. »Es ist sehr lieb von Ihnen, Daniela, daß Sie die Reise nicht scheuten und zu mir kamen. Auch Ihrem Bruder und Direktor Herder bin ich viel Dank schuldig. Vor allem aber der Vorsehung, die den Dieb gerade in das Haus führte, in dem Sie Stellung gefunden haben. Es ist wie ein Wunder, daß sich alles so gefügt hat.«

Daniela küßte ihr die Hand und sah sie mit glänzenden Augen an. »Es ist ein noch viel größeres Wunder geschehen, liebe gnädige Frau, und wir müssen dem Himmel innig danken, daß er sich eines Hoteldiebes als Werkzeug bediente, um das Wunder geschehen zu lassen. Ehe ich Ihnen aber noch mehr berichte, sagen Sie mir, ob Sie sich körperlich wieder ganz frisch und kräftig fühlen, so kräftig, daß Sie eine große Freude ertragen können?«

Die alte Dame sah auf das Bild ihres Sohnes und drückte die Hände auf das Herz.

»Eine große Freude? Ich habe doch die Freude ertragen, daß mir dies Kleinod wiedergegeben wurde. Eine größere Freude kann es nicht für mich geben.«

Daniela war blaß vor Erregung. Sie sagte mit verhaltener Stimme:

»Der liebe Gott hat gewußt, warum er Ihnen dies

Kleinod für kurze Zeit entführte. Es mußte geschehen, damit er ein Wunder tun konnte. Bitte, hören Sie mich recht ruhig an.« Und sie berichtete, wie ihr Bruder den Reliquienschrein gesehen hatte.

»Liebe gnädige Frau, Busso wußte sofort, daß er den Mann auf dem Bild dort im Schrein kannte.«

Die Gräfin, die bisher verwundert zugehört hatte, richtete sich jetzt auf.

»Er kannte meinen Sohn?«

»Ja, er war mit ihm in Schweden zusammen.«

»Mein Sohn! Mein Sohn! Um Gottes Barmherzigkeit willen – es ist wahr, daß er noch lebt? Ist es möglich – ach, Vater im Himmel, daß er jetzt noch lebt?«

Daniela faßte ihre Hände und drückte sie ganz fest in den ihren, als müsse sie ihr einen Halt geben.

»Frau Gräfin«, sagte sie mit klingender Stimme, »der junge Graf Dimitri Smolenski, Ihr verlorengeglaubter Sohn, lebt – und ist heil und gesund.«

Ein jäher Ruck ging durch den Körper der Gräfin. Sie fiel mit einem Aufschrei, der erschütternd klang, vornüber gegen Danielas Schulter.

Daniela lehnte die alte Dame in ihren Sessel zurück und kniete vor ihr nieder, immer wieder in tiefer Erregung ihre Hände küssend.

»Gottlob, liebe Frau Gräfin, daß sie diese Freudenbotschaft überlebt haben! Ich hatte große Angst, daß die Freude Sie töten könnte. Nun werden Sie alles andere auch hören können. Ja, Ihr Sohn lebt. Und er hat Sie in all den Jahren als tot beweint, wie Sie ihn, denn nachdem er wie durch ein Wunder aus der Gefangenschaft entkam, hörte er, Katharina Smolenski sei auf einer kleinen russischen Station gestorben. Und er hat an dem namenlosen Grab Ihrer Kammerfrau geweint und gebetet, weil er es für das Grab seiner Mutter hielt.«

Die Gräfin las Daniela die Worte von den Lippen.

»So ist er frei – ist nicht mehr in Sibirien? Mein Gott und Vater, laß mich jetzt nicht den Verstand verlieren! Laß mich nicht erwachen aus dem Wahn, daß mein Sohn lebt, wenn es nur ein Wahn ist!«

»Nein, nein, teuerste Frau Gräfin, es ist kein Wahn, sondern beglückende Wirklichkeit. Durch ein Wunder wurde er gerettet. Aber er mußte ja glauben, daß seine Eltern, denen man allen Besitz genommen und die man in die Verbannung geschickt hatte, gestorben seien. Alles hielt er für verloren und hat sich mühselig selbst eine Existenz geschaffen.«

Ohne sich zu rühren, hatte die Gräfin zugehört. Nun stöhnte sie tief auf und schauerte wie im Frost zusammen. »Dimitri! Mein Sohn – mein Sohn, wo finde ich dich?« schrie sie in wilder Sehnsucht auf und faßte Danielas Schultern.

Diese sah mit Augen, die von Tränen feucht waren, zu ihr auf. »Liebe, teure Gräfin, Sie werden ihn bald, sehr bald wiedersehen. Bitte, schicken Sie Natascha zum Hotel, sie soll dort nach einem Stefan Kolniko fragen. Er hat mich begleitet und will Ihnen alles selbst berichten, da er die ganze Geschichte kennt.«

Die Gräfin riß an der Klingel, und als Natascha erschien, hatte sich Daniela erhoben.

»Bitte, Natascha, gehen Sie in das Hotel am See und fragen Sie nach Herrn Stefan Kolniko. Sagen Sie, er möge sofort mit Ihnen hierherkommen. Er erwartet Sie schon.«

Natascha sah fragend ihre Herrin an. »Ist es recht so, Mütterchen?«

Die Gräfin winkte ihr hastig zu. »Schnell, schnell – nimm den Wagen und bringe den Herrn hierher!«

Als Natascha verschwunden war, faßte die Gräfin Danielas Hand. »Kind, liebes Kind – kann ich es denn glauben? Darf ich es glauben? Sagen Sie, ist es auch gewiß

Wahrheit? Lebt mein Sohn – lebt er wirklich? Ich kann es nicht fassen.«

»Er lebt, Sie dürfen es glauben, wenn es auch wie ein Wunder erscheint. Ihr Sohn lebt. Und nun weiß auch er, daß seine Mutter lebt, ich habe es ihm mitgeteilt.«

»Sie? Sie selbst? So wissen Sie, wo er ist? Sagen Sie es mir!«

Da kniete Daniela wieder vor ihr nieder.

»Liebe teure Frau Gräfin, ich habe bewußt vorsichtig mit Ihnen gesprochen, doch nun kann ich Ihnen alles sagen, nun werden Sie ja auch das Letzte und Beste noch ertragen können. Ihr Sohn ist auf dem Weg zu Ihnen. So schnell er konnte, machte er sich frei, als er hörte, daß seine Mutter lebt, um zu ihr zu eilen. Er ist hier, ist mit mir gekommen – Natascha holt ihn selbst. Er hat mich nur vorher zu Ihnen geschickt, aus Sorge, daß die plötzliche Freude Sie töten könnte. Ich sollte Sie schonend vorbereiten.«

Nun sank die Gräfin doch völlig kraftlos zurück, und ihre Gestalt zitterte und bebte. Sie klammerte sich, mit den Händen Halt suchend, an Danielas Schultern, ihr Atem ging schwer und keuchend. Aber sie rang mit ihrer Schwäche, mit der Aufregung.

»Vater im Himmel, jetzt laß mich nicht sterben. Laß mich meines Sohnes Antlitz wiederschauen!« betete sie mit zitternden Lippen.

So verging eine Weile, bis die Gräfin sich mühsam gefaßt hatte. Sie richtete sich langsam auf, faßte Daniels Kopf zwischen ihre zitternden Hände und sah ihr flehend in die Augen.

»Liebes Kind, sagen Sie mir noch einmal: ist es wahr – ist es wahr, daß mein Sohn lebt – und mir so nahe ist?«

Daniela sah aufstrahlend in ihre Augen.

»Alles ist wahr, was ich Ihnen sagte. Und um Ihnen die letzte Wartezeit zu kürzen, will ich Ihnen erzählen, wie es Graf Dimitri, den ich unter dem Namen Stefan Kolniko kannte, erschüttert hat, als er in meinen Händen den Reliquienschrein sah, und als er hörte, daß seine Mutter lebt. Stefan Kolniko ist Ihr Sohn.«

Sie erzählte mit bebender Stimme alles, was sie ihr noch vorenthalten hatte. Sie war kaum mit ihrem Bericht fertig, als der Wagen unten vorfuhr.

Die Gräfin wollte aufstehen, dem wiedergeschenkten Sohn entgegeneilen, aber sie vermochte es nicht. Die Füße versagten ihr den Dienst. Sie mußte, im Sessel sitzend, warten, bis sich die Türe öffnete und Dimitri eintrat. Er war bleich vor Erregung wie seine Mutter.

Sie schrie auf und streckte ihm zitternd die Arme entgegen. Ihr Mutterauge und ihr Herz erkannten ihn gleich.

»Dimitri – mein Sohn!«

»Mutter – meine Mutter!«

Er stürzte vor ihr in die Knie und umfaßte sie mit zärtlicher Inbrunst. Sie hielten einander fest, als fürchteten sie, sich wieder zu verlieren. Und ihre Blicke hingen ineinander, als könnten sie nicht fassen, daß sie sich wiedergefunden hatten.

Daniela war leise aus dem Zimmer gegangen, als sie Mutter und Sohn in inniger Umarmung sah. Sie wollte das Wiedersehen nicht stören. Es war eine heilige Stunde, die keine Zeugen vertrug.

Sie suchte Natascha auf und erzählte ihr alles, was sie wissen mußte.

Die treue Seele gebärdete sich wie närrisch vor Freude. »Ich habe immer das Gesicht des Herrn Kolniko ansehen müssen, weil es mir so bekannt und vertraut erschien. Er lächelte und nannte mich Natascha und sprach in meiner Muttersprache zu mir. Oh, alle Heiligen, wie wird Mütterchen sich freuen! Und ich habe doch recht gehabt, daß Sie Mütterchen ein großes Glück bringen. Das größte

Glück haben Sie ihr gebracht. Oh, ihr lieben Heiligen – ich bin so glücklich wie Mütterchen selbst!« stieß sie aufgeregt hervor und lief wie ein Kreisel im Vorzimmer umher.

Drinnen im Zimmer bei Mutter und Sohn war es ganz still. Sie fanden beide lange keine anderen Worte, als daß sie einander immer wieder beim Namen riefen. Und sie sahen sich an und streichelten sich die Hände, als sei es ihnen noch ganz unfaßbar, daß sie sich wiedergefunden hatten.

Endlich richtete sich Dimitri auf und küßte das Haar seiner Mutter. »Weißes Haar hast du meinetwegen bekommen, Mutter«, sagte er zärtlich.

»Ich bekam es über deinen Verlust, mein Sohn. Gesegnet sei Daniela Falkner, die dich wieder zu mir brachte! Sie soll königlich belohnt werden.«

Er küßte ihre Hände und sah sie lächelnd an. »Du mußt sie mit mir zusammen an dein Herz nehmen, Mutter. Daniela wurde meine Braut, als ich noch Stefan Kolniko war. Ihr danke ich es, daß ich das Leben wieder liebgewann, das Leben, das mir erst der Bauer Kolniko und dann Danielas Bruder gerettet haben. Wir liebten uns, ehe wir wußten, was wir jetzt wissen. Ihr Bruder wollte uns sein ganzes sauer verdientes Geld geben, damit wir uns ein bescheidenes Heim schaffen konnten. Es sind zwei Edelmenschen, Busso Falkner und seine Schwester. Meine erste Bitte nach unserm Wiederfinden: Nimm Daniela wie eine Tochter an dein Herz, sie verdient es.«

»Rufe sie zu mir, mein Sohn. Ich bin glücklich, daß ich sie belohnen kann mit meinem kostbarsten Schatz, den mir das Schicksal wiedergab und den ich doppelt gewinne, wenn ich ihn ihr gebe. Ich brauche nicht erst zu lernen, sie zu lieben, und hätte sie doch nun nicht wieder von mir gelassen.«

Dimitri erhob sich und ging hinaus. Er rief Danielas Namen. Sie kam schnell herbei und sah zu ihm auf.

Er legte den Arm um sie. »Komm, mein Liebling – zu unserer Mutter.«

Innig umarmt traten sie vor die Mutter hin, und sie umfaßte die beiden jungen Menschen. Dann legte sie ihre Hände ineinander.

»Meine geliebten Kinder, der Himmel gebe es, daß ich mich noch eine Weile an eurem Glück freuen kann!«

»Wir wollen dich hegen und pflegen, Mutter, du sollst wieder froh und stark werden. Das Glück, deinen Sohn wiederzuhaben, wird dich verjüngen und gesund werden lassen«, sagte Daniela.

Und die Gräfin nickte ihr lächelnd zu.

Wunderbare Tage verlebte das Brautpaar in der Villa am See. Die alte Christine war aus dem Hotel geholt worden und sollte noch einige Tage ruhen, ehe sie die Heimreise antrat.

Zum Glück besaß die Gräfin alle Papiere ihres Sohnes, und es machte nicht viele Schwierigkeiten, ihn wieder in alle seine Rechte einzusetzen.

An Direktor Herder schrieb Dimitri und bat für seine Braut und sich um Entlassung, da seine Mutter sich jetzt nicht von ihnen trennen könne und ihr Befinden ihr eine Reise im Winter verbiete.

Daniela schrieb an ihren Bruder:

»Mein lieber Busso! Nun hat sich alles herrlich erfüllt. Dimitri hat seine Mutter wieder und sie ihren Sohn. Mich hat die Gräfin als ihr liebes Kind in die Arme genommen und läßt mich nicht wieder von sich. Du hast keine Ahnung, welcher Liebesreichtum in dieser herrlichen Frau lebt und wie sie ihn verschwenderisch auf ihre Kinder ausströmt.

Die alte Christine kehrt also allein zu Dir zurück, damit

Du Deine Ordnung hast. Ich bleibe hier, bis wir im Frühjahr alle nach Berlin kommen.

An Käte habe ich geschrieben, daß ich hierbleibe. Sie wird meine Sachen, soweit ich sie brauche, hierher senden.

Es ist ein wundervoll glückhaftes Leben, das wir hier führen in der herrlichsten Umgebung, die Du Dir denken kannst. Dimitris Mutter ist voll rührender Dankbarkeit, daß ich den Sohn wiedergebracht habe. Dir soll ich vorläufig ihren innigsten Dank sagen, daß Du Dimitri Deine Freundschaft geschenkt hast. Du wirst von ihr selbst hören, wenn wir erst wieder in Berlin sind, wie dankbar sie für alles Gutes ist, das man an ihrem Sohn getan hat.

Soweit wir vorläufig Pläne machen können, soll unsere Hochzeit um die Pfingstzeit stattfinden. Ich möchte auch gern, daß wir mit Käte und Dir zusammen in Berlin Hochzeit halten, und ich glaube, daß mein Wunsch erfüllt wird, denn ich werde von Dimitri und seiner Mutter maßlos verwöhnt. Es fragt sich nur, ob Ihr beide – Du und Käte – so lange warten wollt.

Dimitri will mit seiner Mutter und mir im Sommer nach England gehen, in das Cottage in Kent.

Wie sich sonst alles fügen wird, weiß ich noch nicht, ich weiß nur, daß ich unsagbar glücklich bin.

Der Himmel hat es doch gut mit uns beiden gemeint, nicht wahr, geliebter Bruder? Grüße Käte innig von mir, auch ihr goldenes Muttchen und ihren Vater. Schon seinetwegen möchte ich, daß unsere Hochzeit in Berlin stattfindet, damit er auf die vornehme Verwandtschaft stolz sein kann. Dimitris Mutter wird ihm schreiben und ihm danken, weil er dazu beigetragen hat, daß sie ihren Sohn wiederfand.

Für heute soll es nun genug sein. Dimitri steht unter meinem Fenster und ruft nach mir. Also, herzliche Grüße und auf frohes Wiedersehen! Deine treue Schwester.«

Unter diesen Brief Danielas schrieb Dimitri:

»Mein lieber Busso! Daß die Welt so schön sein könnte, wie sie mir jetzt erscheint, hätte ich nie geglaubt. Ich bin so reich geworden! Ich meine nicht die äußerlichen Schätze, sondern den Reichtum an Liebe. Ich habe Daniela, die immer schöner wird, und meine verehrungswürdige Mutter, die nach den ersten Gemütskrisen allmählich auflebt und sich an dem Glück ihrer Kinder freut. Und dann habe ich Dich, meinen alten treuen Freund! Laß Dir im Geist die Hand drücken und Dir sagen, daß ich dafür sorgen werde, daß Danielas Wunsch wegen unserer Hochzeit in Erfüllung geht, falls Ihr – Du und Käte – auf uns warten wollt. Glaube nicht, daß ich jetzt ein faules Leben führen werde, dazu habe ich meine Arbeit zu lieb. Nur muß ich jetzt eine Weile ganz meiner Mutter leben.

Auf Wiedersehen im Frühjahr in Berlin, und bis dahin herzliche Grüße von Deinem Dimitri.«

Um die Pfingstzeit wurde in der Villa des Direktors Herder eine Doppelhochzeit gefeiert. Er hatte es durchgesetzt, daß sich auch der Graf Smolenski die Braut aus seinem Hause holte.

Die Gräfin hatte ihm diese Genugtuung gegönnt, war sie doch von dem Wunsch beseelt, allen Menschen Gutes zu tun, die ihrem Sohn Gutes getan hatten, als er noch Stefan Kolniko hieß.

Der alten Christine setzte die Gräfin eine Jahresrente aus, damit sie ihre Wohnung nicht mehr zu vermieten brauchte, sondern sie für die Gräfin und ihre Kinder als Quartier freihielt, wenn diese nach Berlin kamen.

Die Hochzeit der beiden jungen Paare wurde mit allem Glanz gefeiert, den Direktor Herder für unerläßlich hielt, und stolz führte er die Gräfin an die Festtafel.

Gleich nach der Hochzeit ging die Gräfin nach England

in ihr Cottage und wartete auf ihre Kinder, die nach der Hochzeitsreise dorthin kommen wollten. Auch Käte und Busso sollten am Schluß ihrer Hochzeitsreise einige Tage in Hedgehouse verleben.

Und die jungen Paare, denen das Glück aus den Augen lachte, füllten das reizende Landhaus mit Licht und Sonne. Wenn sie im Übermut ihres Glückes durch den großen Garten tollten oder verträumt und glückselig zu zweien umherwandelten, saß die Gräfin auf der von blühenden Kletterrosen umkränzten Veranda und sah lächelnd, in glückhafter Ruhe, vor sich hin.

Und in allem Glück vergaßen Daniela und Dimitri nicht ihr geliebte Mutter. Immer wieder kamen sie herein, um ihr einen kleinen Liebesdienst zu erweisen oder ihr voll Dankbarkeit die Hand zu küssen.

»Seid ihr glücklich, Kinder?« fragte sie dann lächelnd.

Und zwei aufstrahlende Augenpaare gaben ihr die Antwort.

Vergessen waren dann für diese Mutter die bitteren Jahre der hoffnungslosen Sehnsucht, weil sie endlich den schmerzvoll verlorengeglaubten Sohn bei sich wußte, glücklich und froh, und ihn lieben konnte.